祈盼
人生是個圓

一位深情妻子的 *陪病日記*

劉千瑤 著

全新的人生歷程

距離我的先生呂理州發生意外事故，轉眼已經十五年了！對人生來說，十五年是一段不算長也不算短的歲月。當我們在面臨艱難的日子時，總覺得日子過得很慢且度日如年，而在順遂的日子裡，又覺得歲月如梭、光陰似箭。當先生出事時，有長輩安慰我，辛苦十年孩子就長大了！對於當時的我來說，十年是多麼難以想像的漫長時光啊！

先生出事的第一年，是一段難以忘記的日子，在經歷茫然無助的過程中，漸漸找到生命的盼望！《陪病日記》中記錄了我的心路歷程，在第一年我是正面而樂觀的，因為先生在昏迷四十二天之後甦醒，讓我對他的預後充滿希望和盼望。在經歷三年的持續復健之後，能好到一定的程度，這是咬緊牙根挺過來的，為的是更好的日後生活，就此中度肢體障礙伴隨他一生。而近些年來，因為嚴重的骨質疏鬆，摔哪裡斷哪裡，又因脊椎彎曲嚴重無法開刀，只能靜待自行復原，這是生命中的又一段艱難。

十五年前，一個意外事故，改變了我的一生！沒有人希望這樣的事，發生在自己身上，不論是患者或家屬。一切慌亂的令人不知所措，兩個未解世事的孩子，我們共同經歷了一段不容易的生命歷程。而我們身旁的親朋好友，也陪同、幫助我們度過這段過程。先生出事後的最初四年，是我一生

祈盼人生是個圓
一位深情妻子的陪病日記

中最困難的時光。在我四十五歲那年,在幾乎想要放棄生命中的一切時,遇見主耶穌基督,耶穌走進了我的生命,從此再大的困難也有主耶穌陪我一起度過。如今回首看這一切,我相信神早已在我生命中,而我生命中的一切,都有神的美意!祂在整個生命歷程中,一直陪伴我、安慰我、勸勉我、幫助我、拯救我、保護我,使我能夠面對各種艱難。我所信靠的三位一體獨一真神,祂使軟弱的我變剛強,貧窮的我變富足,祂不僅改變了我,更給了我全新的生命,以及全新的人生歷程。

我在四十六歲受洗信主,出版了生平第一本書《祈盼人生是個圓》也就是現今再版的《陪病日記》。我是在主的愛中,花了三個月的時間,以淚洗面的完成了《陪病日記》。在書寫的過程中,主擦乾了我的眼淚,扶持我重新站起來。在這些過程中,我經歷了豐富的生命,身、心、靈也獲得完全的醫治。家中一個人生病,受傷的不只是患者個人,照顧者同樣受了重創,甚至比受照顧者,承受更多生命中的艱難與傷痛,同樣需要接受協助和幫助。「求主憐憫!懇求與我有相同境遇的所有人,在經歷生命的各種艱難時,都能得到身、心、靈的即時幫助,度過生命中的艱難。」

劉千瑤

祈盼人生是個圓
一位深情妻子的陪病日記

3

見證生命的使者

　　理州和千瑤是我的多年好友，當千瑤邀請我為她寫序，自是義不容辭。看完千瑤的《陪病日記》，心中百感交集，回憶那段不容易的日子，令人又悲又喜。

　　初次在加護病房內見理州，沉重的傷勢令人鼻酸又心痛。千瑤面容憔悴、焦慮不安，充滿無助的眼神，令人十分不忍。但我深知「人的盡頭是神的起頭」，只有將他們全然的交在神的手中。再次見到理州，正面臨氣切與否的艱難抉擇，我在伊甸園社會福利基金會工作十餘年，接觸過無數傷殘案例，深知這是一個困難的決定。我曾和伊甸同事串聯無數教友，一起為理州禱告，希望行神蹟在理州身上。感謝神的賜福！歷經四十二天的昏迷，終於甦醒。

　　多次見理州，因復健問題，令千瑤十分苦惱，以我多年接觸傷殘朋友的經驗，了解把握黃金復健期對康復是有極大益處的。經大家多方鼓勵，理州持續復健，終見成果！

　　從不被看好，到一路挺過來，千瑤是很重要的推手。若沒有她的堅持和毅力，無怨無悔的付出與陪伴，非常用心的協助理州持續復健，若非如此，理州可能無法恢復的這麼快速。在伊甸裡我見過很多身障者，因復健疼痛就放棄持續復健，肌肉萎縮之後，就呈現失能狀態，造成日後生活上更大的困難，實在非常可惜！

祈盼人生是個圓
一位深情妻子的陪病日記

　　一個人病了，對一個家庭來說是極大的考驗，除了金錢、體力的付出，精神上更是一種無形的折磨，千瑤因而罹患憂鬱症也就不足為奇了。這確實是十分不容易度過的關頭，發生在任何人身上都是難以承受的，所幸千瑤不論在任何情況下都心存盼望，不滅的信心一路支持她，愛的力量更幫助她，走向更堅毅的人生，將逆境化為順境，能以正面的態度看待人生，至今仍讓我十分佩服！雖然心疼千瑤所遭遇的一切，但我相信，上帝給予千瑤這樣的熬煉，是為了鍛鍊她，成為見證生命的使者。

　　希望這本書能使許多人獲益，不論是正面的人生觀或是方向確立的堅持，相信必能幫助許多個人和家庭。

張來好

（張來好牧師曾任職於伊甸園社會福利基金會）

缺角的月亮，仍然美麗

中國人喜歡圓，圓形代表圓滿，象徵團圓的圓桌，若留有空缺的位子，就令人感覺缺憾。但是缺了角的圓，雖然不夠圓滿，誰也不能否認，它仍然是個圓，「缺了角的月亮，並不減損她的美麗。」

我自小是個多愁善感的人，一生中最害怕的就是面對人世間的生離死別，我知道自己承受不起那樣的遺憾與傷痛。孰料，在我 42 歲生日前夕，天上掉下一個駭人的禮物，讓我平靜的人生，起了劇烈變化。

我是一名教師，在學校裡教授過無數次「生命教育」的課程，但是對於「生命教育」確實的含意是什麼？我不曾仔細思考過，以為面對生命，無非就是珍惜生命、愛護生命、維護生命，如此而已！從來不曾觸及生命無常的部分，直到那一場意外發生，才知道自己是如此缺乏裝備。「生命是什麼？」在短短的時間裡，我完全領受了！一場代價不小的生命教育課程，讓我有機會去深究生命的意義與價值。

95 年 8 月 21 日對於我們全家來說，都是不容易忘記的日子，當我的先生呂理州踩裂水泥板由高處墜落，腦部不偏不倚撞上尖銳的三角磚那一刻，就註定了我們的生活永遠回不去了。理州到院時傷勢十分嚴重，因顱內大量出血（蜘蛛膜下腔出血），情況很不樂觀，一個瞳孔已經擴散，對光毫

　無反應，雖然緊急開刀搶救，仍昏迷了四十二天。事後醫師曾經表示，若再遲十分鐘送達醫院，大概也來不及救了！兩眼瞳孔皆擴散，即呈腦死狀態，沒有搶救的意義了！

　　多次在加護病房裡，看到許多明知已無希望，仍執意搶救的家屬，不願面對生死的判定，說什麼也無法接受殘酷的事實，我也曾是其中之一。胡志強先生在妻子生命垂危時，淚流滿面的哭喊著：「請救救我的太太！」他的心情，我完全能夠體會，因為我也走過這一遭，一場無妄之災，病人在身體上承受著莫大的病痛折磨，家屬在精神上飽受煎熬！令人難下判斷的抉擇，一閉眼就怕失去的徬徨，還有不知尚能挽回多少的茫然。

　　腦血管意外，俗稱腦中風，2008 年高居十大死因第二名，奪走 12705 條寶貴的生命，家屬承受失去至親的痛苦。腦中風有百分之十五為腦出血，百分之八十五是血管梗塞。腦出血病患中，約有五分之一在未送達醫院前已死亡；送醫急救中有三分之一，因蜘蛛膜下腔出血或其他合併症而死亡；即使倖存者，仍有多數成為植物人；即使有機會甦醒，往往是眾多考驗的開始。每年有無數病患和家屬，陷入同樣苦痛的掙扎中，甚至因此家庭支離破碎，舉債度日而陷入生活困頓中，社會亦付出無法計數的成本。

　　有一段時間，我因生活中的挫折與困頓，恨透了人生！身陷焦慮、憂鬱、無助、自責、憤怒的情緒中無法自拔，幾度在身心科門診痛哭，醫生認為這是面對重大事件的自然反

應，是一種創傷後壓力症候群的現象。一個變故，病患和家屬同樣身受重創，家屬要先照顧好自己的身體與心靈，才能面對各種挑戰。在其中我學會用正面的角度看這個世界，凡事有得有失，有時覺得失去的反而是獲得，當我懂得「放開」的同時，也走向更豁達的自己。

我的《陪病日記》記錄了一年裡，我的先生呂理州，從歷經生死到辛苦復健的一連串不可思議的境遇。隨著病程演變，我的內心多次轉折，不變的是，一個家屬對於病人的期待與堅持。出事初期，心緒非常紊亂不安，要面對的事又多又雜，為了讓自己混亂的思緒更有條理，養成了重點式記錄的習慣，直到週年方止。我真實的記錄了所有過程及當時的心境，其中包含許多離奇的境遇，在經歷一連串事件之後，對於無形力量的認知，有了不同的領悟。總之，天時、地利、人和，造就了無比的幸運！而信心、盼望與愛，則是支持我一路走來的強大力量。

希望這本書，能對正經歷其中痛苦的病人和家屬有所助益。如果我們說過的話或做過的事，不僅能豐富自己的人生，同時還可以幫助別人，那是再好不過的事了！我和理州很願意和讀者分享，生命存在的價值與意義，而我們經歷了這段不容易的日子，人生有何新的領悟和改變？坦白說，有時候「活著比死需要更大的勇氣」！努力活著，是一件非常了不起的事！「飽漢難知餓漢飢」，健康的人是很難體會病痛的痛苦，只有深陷其中的人，才知健康是多麼大的幸福！

祈盼人生是個圓
一位深情妻子的陪病日記

　　一場意外，我們共同經歷了一段不一樣的人生，「人生因磨練而豐富，縱使諸多挫折，也要感謝天意的磨練。」承蒙上帝的垂憐和眷顧，將我的摯愛還給了我，雖然已不復原來的人，但我感恩惜福、珍惜所有，活在當下。曾經，我幾乎失去了生命中最重要的人，從甦醒到復原，再再令人驚嘆！人生會有無數的驚嘆號，一生中只要擁有一個，就已不枉此生，而我們比一個又多了一個「！」！

　　出書是很久以前就有的想法，許多看過《陪病日記》的親朋好友，非常鼓勵我這樣做，但一直停留在「只聞樓梯響，不見人下來」的狀態，我非常樂意和別人分享經驗，卻總是欠缺積極作為。今年初，因為許多巧妙機緣，認識了教會姊妹惠真姊，她認為生命中有許多事，值得記錄與分享，錯過可惜！給了我很大的鼓舞及動力，她是本書的催生者。

　　我們祈盼人生的圓滿，而圓滿的背後是很多人共同努力成就的，圓是一個不易畫的形狀，就和圓滿的人生一樣。要感謝的人實在太多，除了日記中提及的人與事，還有許多未被提及而深深關愛我們的人，在此一併致謝！生命因你們而豐富，謝謝大家！

劉千瑤

| 目錄 |

CONTENTS

CONTENTS

CONTENTS

遽　變

　　晚上十一點了，加護病房外仍然門庭若市，早已過了探視時間，但親友、鄰居們仍坐在病房外的長椅上，談論著你的事，久久不忍離去……

　　今天，你真的嚇壞了大家！回想今日的總總，我仍然難以置信，這會是真的！在這場驚嚇中，我失措！茫然！每一個決定對我來說都是那樣的艱難。當醫師開了一張病危通知，問我要不要救的時候，我對醫師的問話十分不解，情況怎麼會糟到這樣的地步，需要考量救與不救的問題？醫師指著電腦斷層掃描的片子，面有難色的說：「出血量相當大，把腦幹都壓扁了，目前一個瞳孔已放大，如果沒有緊急開刀處理，不需要多久，就會走了！但是救回來也可能成為植物人，是否能夠清醒，就看個人造化了。」

　　「救與不救？」當我還在質疑怎麼會這樣時，「救與不救？」已在催促著我。「我要救！醫師請您盡量救！」醫師手握著手術同意書，一面催促著伙伴：「快！快！快！快來不及了！」病床消失在電梯裡，我癱坐在急診室的長椅上！

　　「我不相信你會就這樣離開我，我絕對不信！」早上還通了電話，你說已找人來修衛浴裡的積水，還說著不怎麼好笑的「笑話」。誰知十點多時，隔壁鄰居打電話通知我，說

你跌傷了，要我不要慌張，到國泰醫院急診室等候，救護車很快就會抵達。我比救護車早先抵達，當你被抬下救護車時，除了聽不清楚的呻吟聲，已認不得我了，只見你右耳不斷地流出鮮血。

急診室緊急幫你插管，維持住生命徵兆，接著我陪著你進入斷層掃描室，做電腦斷層掃描，我幫忙押著人工復甦袋，看著你耳朵流出汩汩的鮮血，我很心急，一連串的檢查是一連串的煎熬，等待報告的過程更是一種折磨。當醫師向我解釋你的病情，其實我的方寸已亂，亂到無法思考，我的生命受到前所未有的重擊，無力招架！

當醫師進行了約兩個小時的手術，走出手術房，他對我說：「要有心理準備，已經盡力了！手術進行中有一度兩眼瞳孔都放大了，目前左眼瞳孔回復，但右眼仍呈現放大狀態。二十四小時內，隨時有生命危險！」醫師說完隨即離去。陪伴我的摯友，哭倒在我的肩上，「他怎麼可以這樣對你。」我想我大概是嚇傻了，竟然欲哭無淚，但是即使在這樣的時候，心裡仍然重複著那句話：「我不相信你會這樣離開我！」

親友們聽聞消息，紛紛趕至醫院，除了安慰我，也給予一些醫療上的建議，憂心掛在每個人臉上，大家一再鼓勵我，「要堅強，多保重！」送走了大家，疲憊的我，今夜暫住家屬休息室裡，因為做緊急處置時，需要家屬簽字。

關上房門，再也忍不住潰堤的淚水。「爸比！我和你只隔一道牆，今夜我在這裡陪你，請你勇敢的撐過第一個夜晚，我知道你不會捨得丟下我和兩個孩子，你是個好父親，孩子們等著你下棋、打球呢！一定要好起來，一定哦！」

▲ 樵、漁在運動會上獲得獎牌，理州深以孩子為榮。

病 危

　　昨夜是個難眠的夜，夜裡時時警醒著，深怕護士小姐來敲房門！感謝天，感謝地，感謝眾神，一夜無事。

　　我已等不及要知道你的消息，守在加護病房外，等著交接班的護士小姐，她說你夜裡有發燒的情形，昨夜到清晨，腦部導管導出九百多 CC 的血液，持續輸血中，昏迷指數 3 分，呈重度昏迷的狀態，夜裡一度情況不佳，清晨後已趨穩定，有任何變化會隨時通知我。獲得這些訊息，並沒有感到絲毫寬慰，我心急地想知道，以你目前的情況，未來將會如何？這也是昨天兩個孩子一再詢問的話題，但我無言以對。

　　在漫長的等待中，終於盼到主治醫師的到來！我著急的向他詢問你的病況，張醫師坦言，昨夜有一度危急，不甚樂觀，但是你撐過來了。目前尚未脫離危險期，等度過第一個二十四小時，接下來是四十八小時，甚至七十二小時，都尚難斷言。病況的發展，發燒是個警訊，表示體內已遭到感染，你的腦壓仍高（會造成腦神經損傷擴大），血壓也有高過一百八十的情形（對腦中風病人十分不利），放大的瞳孔雖然略為縮小，但對光仍無反應，醫院會採取一切必要措施，盡力而為！

　　聽著醫師的解說，淚不自覺的落了下來，原來你和死神

靠得這樣近，望著全身上下插滿管子的你，心情盪到谷底！握著你的手，聲聲喚著你，你聽見了嗎？你說過會和我牽手一輩子的，不要忘記了你的諾言，我和孩子們是這樣深深愛著你啊！

▲ 人生最大的幸福就是一家人能相互依偎在一起。

與死神拔河

　　今天你的狀況和昨日一樣，昏迷指數 3 分，沒有太大進展，仍有發燒的情形，唯一慶幸的是，腦部出血量已經減少。

　　親友、同事、鄰居，所有關心你的人，都來為你加油打氣，「孩子還小需要父親，一定要挺過來！」「我們相信你仍有牽掛，一定不捨得離去！」在盼望你病情好轉的同時，我們也做了最壞的打算，甚至談到用什麼方式送走你，你是無神論者，我則是寧可信其有的泛神論者，親友談及萬一，那不願見到的萬一發生了，要如何因應。

　　小兒子捶手頓足的說：「只有一萬，沒有萬一，沒有萬一！」氣氛頓時僵住了，我們是太殘忍了，忘了體諒同樣飽受煎熬的孩子，他難過的心情。我心疼的摟著他，告訴他這只是假設的情況，爸爸一定會為我們挺過來！

　　拭去孩子臉上的淚水，我很自責，我們忽略了孩子的感受。這個只偶爾偷拭眼角淚水的貼心孩子，因為親友告訴他，他的哭泣會讓我的心情更加紛亂，堅強的他，因而默默地守在我身邊。對於就讀小學的他而言，這是一個殘忍的暑假，當同學快樂的享受假期，他卻在醫院守著生死未卜的父親，不肯離去。

　　這個夜裡我向上天請求，「請讓我的丈夫活下來，我願

意將自己的陽壽折給他。」我從來不曾這樣恐懼，沒有你的
日子，我該如何獨自過下去。

▲ 理州是家裡的樑柱，也是千瑤最可靠的靠山。

艱難的七十二小時

　　終於熬過了艱難的七十二小時，仍未脫離險境！

　　腦出血的病人，病情變化很快，時好時壞，尚不穩定，晚間已將腦部引流管移除，表示已無出血，剩餘的血塊腦組織會自行吸收，發燒情形仍由藥物控制，昏迷指數 4 分。

　　「爸比，你的一點點進步，對我們來說都是大大的鼓舞。」這些日子，我們陷在深深的悲傷裡，我從一開始的驚慌失措，到逐漸面對現實，在這一場生與死的拔河裡，我仍然不想輸！加護病房裡，每天上演著令人心碎的戲碼，不能接受事實的家屬，已經盡力無力回天的醫師，他們的面容，深深烙印在腦海裡，什麼時候會輪到我？……令人不寒而慄。

　　這一場意外，兩具同樣受著重傷的軀體，你的身體受了重傷，我的心靈受了重傷，承受著同樣的痛苦。

　　我們把握每天短短的兩次探視時光，說一說你平日關心的事：王建民又第幾勝了；你的讀者在網站上正談論著你的著作《學校沒有教的西洋史》，有很多的評論和迴響，等著你好起來，細細品味；剛要升上國三的大兒子，報告著他的學習表現和考試成績，我們的大兒子要考基測了，他希望你好起來，陪他一起復習；小兒子要開學了，他不知如何面對老師及同學的詢問，你要快點好起來，能有好消息告訴大家。

護士小姐說，我和你講話時，生理監視器上，你的心跳速度會有上升情形，似乎對我的聲音特別有反應，雖然你陷入深度昏迷，但我相信你一定能感應到，我們對你深切的期盼。

▲ 法國巴黎是個美麗的城市，理州允諾千瑤他們會再舊地重遊，這回，不跟團。

恐將成為植物人

　　仍然有發燒的情形，體溫超過 38℃，會大量冒汗，昏迷指數 4 分，需要呼吸器協助呼吸，右邊瞳孔對光線反應遲緩，腦幹尚未發揮應有的功能。面對病況緩慢的進展，令人憂心忡忡，「即使活下來，恐怕也將成為植物人。」這樣的陰影時時籠罩著，揮之不去，那是大家最不願意見到的結果。

　　你出事的消息，已在親戚朋友間傳開來，接應不暇的關懷電話，必須配戴耳機，才能吃得消。面對眾人的關心，心裡十分溫暖，但心情萬分沉重。

　　我的爸媽，遲至今日，才獲知訊息，因為一直未有令人寬心的消息，妹妹們一直在等待適當的機會，告知這個訊息，誰也開不了口，深怕疼愛女兒、女婿的兩老，受不了打擊！

　　出事前一日，我們南下台中，探視生產後的么妹，一家人方才團聚一起，不料揮手道別不久，就發生如此憾事！焦慮的爸媽，急得像熱鍋上的螞蟻，連夜趕來探視你，媽媽的眼淚沒有斷過，爸爸的憂心寫在臉上，沒有人願意相信，竟是這樣令人心痛的場景！

禮　物

　　你從來不曾記住我的生日，也從未曾送過我任何禮物，你總是記不住我的生日，究竟是哪一天？有時我抱怨你，你總是賴皮的說，不是 24 日或 25 日嗎？不是已經過了嗎？而今年你送的這份大禮，是不是太駭人了點！

　　事實上，你真的送給我最最珍貴的禮物了。當別人對你說話，已開始出現吞嚥反應，可以吞嚥口水，代表你腦幹反射已有進展，雖然瞳孔仍然不等大（右眼瞳孔未恢復正常），左邊眼皮可以閉合、睜開，右邊瞳孔對光也有點反應了，但仍然無法閉合，形成一眼睜開、一眼閉合的奇特景象。昨天仍有發燒情形，今天略為退燒（仍繼續給退燒藥），更棒的消息是，已試著以鼻胃管餵食牛奶，雖然初時狀況不好，後來情況漸佳，如能順利解便，則又是一件值得大大恭賀的事。

　　今天買了一本腳底按摩的書，開始要為你的復健之路，盡點心力。書上說：大姆趾是「大腦」反射區，只要耐心地揉一揉，可以幫助腦中風病人復健。只要是對你有幫助的，我都願意試一試，當然是在醫師允許的範圍內。孩子的同學中，有位熱心的媽媽，為你求了神水（祭過神的水），說是只要一日三次將水抹在臉上，就能幫助你安然地渡過危險期。還有朋友找了會驅邪的師兄，來到你的病床前，為你唸

咒驅邪靈。佛教徒的朋友每天唸佛迴向給你，病床前貼著觀世音菩薩照片、釋迦牟尼佛照片、土地公照片、密宗加持過的佛珠。你的高中同學，是虔誠的基督徒，帶來了一本《聖經》，他經常來為你做祈福禱告。

這是我第一次感受到人的無能，因而必須仰賴神。

斷線風箏

　　仍然未脫險境，昏迷指數 5 分。今天你的意識狀況不佳，有血尿狀況，也有發燒情形，右眼瞳孔反射較慢，開始做呼吸練習，但效果不理想，如果再一星期無法自行呼吸，可能要做氣切處理。

　　「爸比，你就像一盞忽明忽滅的燈，有時讓我充滿希望，有時讓我沮喪萬分，你左右著我起伏的心情，也左右著一份奢侈的企盼！」

　　記得你曾答應過，會和我再二度同遊歐洲，而這一次我們不跟團，你要做嚮導，不可以食言哦！你的老婆可是一句法語也不會說的，至少你會說：「會死不久」（法語的謝謝之意，類似台語讀音）。哦！別再說這句法語了。我再也禁不起，任何不吉利的話。你能在迷宮般的佛羅倫斯找到出路，也一定可以在這一次找到生命的出口，我對你有信心，雖然你又再一次讓我擔心了，但是我樂於再一次見到你回來的身影。

　　多年前的暑假，一家人同遊歐洲，在義大利的佛羅倫斯，你因皮夾被扒，竟奮不顧身回頭去找，慌忙中忘了攜帶手機，在聯絡不上你的情況下，導遊直呼：「完了！完了！佛羅倫斯的街道一模一樣，沒走上十幾二十回，是絕對分不

清楚哪兒是哪兒的！」你彷彿斷了線的風箏，但行程必須繼續。

　　導遊帶著一行人至附近用餐，我則留在原地守候，等了好久好久，在萬分焦慮的企盼中，終於見到你回來的身影。皮夾自然是找不回來了，你卻脫困歸來，原來義大利警察不會講英文，雞同鴨講了半天，你靈機一動，將身上的攝影機播放給警察看，才順利找到原來的路。聰明如你，這回一定也會想辦法脫困歸來的！

度過第一個危險期

　　今天醫院安排了電腦斷層掃描，張醫師指著片子，對我說：「不錯啊！腦的壓縮情形已經回復，腦幹也由扁變圓，只剩頭顱週邊血塊，可自行吸收。」醫師的話像一劑強心針，讓我低盪的情緒，再度由谷底翻升。

　　熬過了艱難的第一個星期，接下來的一週仍然艱鉅，主要是做呼吸器的脫離訓練，你目前心跳、血壓穩定，昏迷指數 6 分，排便正常，只是偶有發燒情形。

　　多麼漫長的一個星期啊！我的生活已紊亂到失去頭緒，像一艘失去方向的船，不知哪裡是岸！這些日子，夜裡必須靠著安眠藥，方能得到短暫的睡眠，騎著摩托車東奔西跑，張羅的不外乎是你的事，靠得是僅存的意志力，船可以失去方向，但不能失去動力，你就是支撐我的那份動力。

親情召喚

　　今天發燒的情形已有改善，體溫 37.5℃ 上下，昏迷指數
維持 6 分，抽血檢查結果顯示血紅素、血小板、白血球皆在
正常範圍，護士小姐說發燒不是感染，而是腦幹尚未恢復正
常調節機能，所以仍需仰賴呼吸器，因為有時你會忘了自行
呼吸。持續做呼吸訓練，希望能夠達到自行呼吸的目標。

　　遠嫁日本的姊姊、姊夫及挺著八個月身孕的外甥女返台
來看你，他們用日語不斷的和你說話，當外甥女優優用不流
利的中文哭喊著：「舅舅！你一定要好起來，看見我將出生
的小貝比，一定要好起來啊！」你竟然出現了吞嚥反應，優
優是你十分疼愛的外甥女，你留日期間曾住在一起，因而有
著深厚的情感，她挺著大肚子回台看你，深恐是最後一面，
大家的心情之沉重，不言可喻！

搶救中

　　牛奶灌食情況良好吸收不錯，已不需仰賴點滴，降腦壓的藥物，已從三個小時給一次，延長到八個小時給一次，昏迷指數 6 分，目前生命跡象穩定！

　　十天，好漫長的十天啊！搶救中的你，感受的到嗎？等你醒來，一定要記得告訴我，這段日子，你究竟到哪兒去了？因何讓我如此為你擔憂。

　　這十天來，像不知何時方盡的長夜，見不到黎明的曙光，一顆忐忑的心，不曾片刻放下，目前暫時穩定的生命跡象，誰也不知下一刻鐘，又將會如何？我像身處迷霧森林，看不到眼前的道路，每一個抉擇都隱含著失敗的風險，接受成敗，其實並不容易！

一滴眼淚

　　姊姊、姊夫及優優即將返日，臨別前，再度探視你，並用日文不斷地和你說話，目前昏迷指數 7 分的你，曾有流淚反應。爸比！我相信你聽得見我們說的話，用淚水來回應我們了，那一滴淚對我們來說彌足珍貴，顯示你的意識逐漸清楚，我們期待著你的甦醒。雖然醫師評估，你不一定能甦醒，但是我不能沒有信心，不是嗎？

　　「爸比！請不要輕易地，放棄了自己！」正如我們不願意放棄你一般，你不能不發一語就走了，那將會帶給我和孩子們多大的傷痛，你不能在孩子的生命中缺席啊！請為所有愛你及關心你的人好起來吧！

氣　切

昏迷指數 8 分。再過幾天即將拔管，呼吸器留置體內的期限是兩週，留置越久，感染情況會越嚴重，甚至引發敗血症。拔管面臨的，是要不要氣切的問題，先氣切再拔管，一定可以存活下來；先拔管，情況不好再氣切，則風險極高。

親友們對於氣切與否有兩派不同意見，有幾位過來人告訴我，腦傷的病人，預後很難說，有的只剩兩歲智商，終身需仰賴他人照料；有的人脾氣變得很古怪，喜怒無常；有人氣切後雖然活下來，但成為植物人，飽受折磨，多年後仍然過世，一個人拖垮一家人的例子比比皆是，要我三思。

這些事情我不是沒想過，但是我的內心裡，理智與感情，爭執得厲害。我不想失去你，但是又希望你不必飽受折磨，有尊嚴、有品質的活著，而不是靠著一堆管子，呈植物人的狀態過一生。生命中最艱難的抉擇，近逼著我。

「爸比！我真的好痛苦！好痛苦啊！」

扮演上帝

　　張醫師決定明天將拔管，正在等待我最後的決定，氣切與否？兩派親友不再表示任何意見了，誰也不想扮演上帝，來決定一個人的生死，大家皆表示我做的任何決定，他們都支持，但是我又有什麼權利來決定一個人的生死呢？我在加護病房外，焦慮的來回踱步，切與不切，苦煞了我。

　　早上探視時間，傳來不利的消息，你受到感染，白血球已超過一萬，主要是痰變得非常濃稠，不利拔管，怕痰卡住氣管，隨時有生命危險。張醫師決定再等等。

　　今早探視你，精神比往日差，正發著燒，反應變差，短暫睜開眼睛，隨即又睡去。除了明顯較沒有精神，尿量也減少、顏色變深，持續發燒中，感染情況加劇，已到了必須拔管，防止感染擴大的地步，所有的表現都沒有以往樂觀。

　　晚上探視時，在抗生素的治療下，狀況略有好轉，持續發燒中，反應仍然不佳。昏迷指數 8 分，有停滯現象，令人十分憂慮！即便是昏迷中的人，仍然有其醒睡節奏，醒時會有睜眼反應，睡時會有閉眼反應，只要不是深度昏迷階段，即使是植物人也有睜閉眼反應。昏迷指數幾分，是按照病人對環境反應能力而定，有一定的判斷標準，正常人為 15 分，意識能恢復到幾分，無人能預料，終身如此也不無可能。

凌　遲

　　今日持續抗生素的治療，要等情況好些再進行拔管，延後拔管，雖然又給了我多一些考慮時間，但對我來說卻是身心靈的一種凌遲。

　　昏迷指數停留在 8 分，仍呈半昏迷狀態，我對你的信心，受到極大的考驗，內心掙扎得厲害。每當理智稍為站上風，我的心就像被利刃狠狠割了一刀，感情責備理智：「生命是何等大事，失去就是永遠的失去，你能承受失去的痛苦嗎？」理智反駁感情：「氣切容易，人會有一口氣在，但若是活得求生不得、求死不能的時候，這條管子該由誰來決定它的存在？況且不氣切只是比較危險，並不代表沒有存活的機會，多一條管子，除了護理不易，還有感染的問題，也並非全是益處。」

　　但是若就此失去，留下永遠找不回的遺憾，我不捨也不願。我要怎樣決定，才是對你最好的呢？曾經我不捨你再受苦，一度願意讓你走，但是孩子和我都不捨得你離開，下任何決定都是不容易的，走與留，一切尊重你？就看老天如何安排，一切只有盡人事、聽天命了！

　　「爸比，加油！」

拔　管

　　今天終於可以拔管了，我已簽字拒絕氣切。下這個決定，內心和緊握著筆的手一樣沉重，我已經決心要堅強面對，這個將深深影響我們一家人的決定，感謝妹妹們在身邊陪伴我，讓我在面對苦難的時候，有個支持的力量，我們祈求眾神保佑你，挺過這一關。

　　在焦急等待中，於下午 1:20 拔除了管子。拔管之後，狀況尚穩定，但是痰量很多，除了仰賴反覆抽痰，也無他法，看著你承受著頻繁抽痰的痛苦，心裡萬分不捨，張醫師表示再觀察看看，如有呼吸窘迫的情形，仍有氣切的必要。

　　多日緊繃的情緒，得到稍些舒緩，但是危險性仍在，警報仍未解除，隨時要有簽字氣切的準備。如果這是一場漫長的馬拉松，不知你是否已取得了參賽資格？除了加油！還是加油！

頻繁抽痰

今天是拔管第二天，狀況尚穩定，昏迷指數 8 分，使用氧氣罩，以維持血氧濃度，心跳略快，痰量很多，依賴抽痰，大約 20～30 分鐘就要抽一次。張醫師說如果狀況穩定，明、後天就可轉入普通病房了。

即將轉入普通病房，令我一則喜一則憂，因為你需要頻繁的抽痰，而且經常有溢奶的情形，加護病房的小姐都是抽痰高手，一個人只照護兩床病人；而普通病房，幾乎都需仰賴看護的照顧，看護的人選，勢必影響到病人的病情，和醫院簽約的看護中心有兩家，為求公平起見，輪流找人，究竟花落誰家，尚未能知曉，只希望我們能多點好運！

騙　徒

　　進入加護病房滿十六天，今天轉入普通病房。在這段期間，有位朋友介紹了一位據說會針灸的師父，可以在轉入普通病房之後，來院為你做針灸治療，他開價兩百萬元，說能包醫，一年內保證治癒到可以進入職場，還說他擅長醫治植物人，救人無數，再三要我考慮。對於急盼病人能有起色的我，是有幾分動心（事實上我哪來的錢啊！）妹妹擔心是個騙子，約了一位中醫師朋友，前來向我分析，她說中醫治療有加分效果，但並沒有想像中神奇，在正統中醫上，包醫是絕對沒有的事，醫師是人不是神，有哪位敢保證絕對治癒？因而包醫十之八九都是騙人的，況且頭款先付六十萬，若病人在中途過世，則不需再付尾款，他已穩賺六十萬（這根本不是賭注而是詐賭）。

　　妹妹的摯友說：「目前單次療程，行情價約一千五百元～二千元，若超出二千五百元就不是合理價位，可先和他談談單次療程費用。」沒想到這位滿口救人第一，錢可以慢慢還，以救人為志業的師父，開出的單次療程費用，台北市六千元，台北縣三萬至六萬元，當我們向他還價成單次費用一千五百元，問他願不願意時，他說這連飯錢都不夠，斷然拒絕，我也因此回絕治療。

祈盼人生是個圓
一位深情妻子的陪病日記

事後回想，這種利用家屬六神無主，努力想救人，來訛詐錢財者，真的十分可惡！其實他也非有照中醫師，只是打著民俗療法的幌子在歛財而已，家有重病患者的家屬，不可不慎啊！

▲ 理州是樵、漁兩個寶貝的大玩
　 伴，父子間的感情十分親密。

普通病房

　　轉到普通病房，真正的艱難才要開始！外科病房的護士並不擅長抽痰，對狀況並不好且要頻繁抽痰的病人，大家都有些憂心。

　　看護劉先生有二十多年的看護經驗，人很細心，動作十分熟練且舉止相當有愛心。劉先生說他經常看護像你這樣的腦中風病人，你的痰很多，需要經常拍背、抽痰。劉先生在為你做某些動作前，一定會溫柔對你說，他要進行什麼行為，會有些不舒服，請你忍耐配合，看得我十分感動，這是這麼多天來，第一次感受到，你這個被照顧者，並不是他人眼中的植物人！近日來我變得十分同情植物人，我相信植物人並非全然沒有感覺，只是無法表達感覺罷了！

　　晚上餵食完牛奶後，有溢奶現象，咳個不停，為你抽出的大多是牛奶，有噎著的現象，痰多和溢奶是在加護病房就常有的現象，張醫師說目前最擔心的就是氣管被痰卡住，或是被奶噎著，如變成吸入性肺炎，情況就不妙了！你咳了大約兩、三個小時，才平靜下來，看著你承受這樣的折磨，我心如刀割，急得六神無主，不知如何才能減輕你的痛苦。等一切平靜下來，已經十點多了，我騎車回家，心情何等沉重！

聖 水

　　轉入普通病房，最大的期待就是盼望你的甦醒。書上說：「通常在昏迷後的兩週內，很難去判定一個病人是否會成為永久的植物人，如果在昏迷後的兩週到一個月，病人仍然處於植物人的狀態，則大多數預後甚差。」所以想辦法使你甦醒，成了大家的超級任務。

　　今早，多年好友來看你，他帶來一小瓶據說是密宗道行甚高的高僧加持過的聖水，只要在兩天內將聖水噴入口中，兩天後自會甦醒。在加護病房裡，是不允許有任何侵入性的醫療行為，普通病房則較無此限制，但目前你除吞嚥口水，並沒有太多能力，連水也只能用噴的，而且是一點一點的噴，避免你嗆著，因而能為你做的，其實十分有限。

　　伴隨你的，除了一些靈符、神佛照片，還有佛珠、聖經，這些物品其實是在安慰我們，讓我們安心，因為我們深信眾神們，定會助你度過難關。

期待甦醒

　　你仍然深受痰量多，頻繁抽痰所苦，雖然呈植物人狀態，無法對環境有任何回應，但我能深深感受，你所承受的極大痛苦。持續噴好友誠心求來的聖水也超過一天了！等待著！等待著！希望奇蹟真能出現，就像電影裡的情節一樣，你突然開口呼喚：「千瑤！」並且起身走向我，這是何等奢侈的期盼！

　　所有關心你的人，將想對你說的話，錄成一卷錄音帶，時時刻刻播放給你聽，大家雖然不能時刻在你身邊，但都殷切期盼你的甦醒。妹妹們上網找了很多資料，包含有關催醒治療的資訊。居住台中的妹妹及妹婿們經常長途奔波，輪流北上探視你，這樣多親情的召喚，不外乎是希望早日喚醒你。

　　我們在你的病床前，貼了大大的王建民照片，你也是建仔迷，每回建仔得勝，孩子們總會和你分享這個喜訊，建仔一路過關斬將，你一定也要和他一樣，一關又一關的挺過來！我相信你不會讓我們大家失望的。

無數硬仗

　　今天一早，好友急著來探視你，他一走進來，便急切的問著：「醒了沒！醒了沒！」看見病床上的你，他知道答案是「還沒！」過了一會兒，他對我說：「我再去想想辦法！」朋友的盛情，真的令我好感動。「爸比！你一定不能辜負大家。」

　　昨天有輕微胃出血的情形，反抽出來的液體是咖啡色的，約有三百 CC，今天解的便是墨綠色的，因而禁食，開始施打保護胃壁的藥，要等到情況好轉，才能再予灌食，目前只能靠點滴來維持體力，看來你還有無數硬仗要打呢！

　　下午陸續來了許多訪客，病房裡很熱鬧，當我走動時，你的眼珠子似乎會跟隨（是我的錯覺嗎？），我真希望你是真的認得我，雖然醫師仍不認為你有認知能力，能辨視些什麼，仍是半昏迷狀態。書上說：「許多的植物人，眼睛可以睜開，眼球甚至可以轉動，追視目標，但無法認知，也無法正確且適當的反應，對外界刺激如疼痛、聲音、光線具有反射性反應，但無法達到溝通的目的，都仍算是植物人狀態，因為大腦尚失去功能。」

　　你的右眼瞳孔雖已回復一般大小，但仍然沒有睜、閉眼反應，需用紗布遮蓋，避免眼球受到傷害。右眼目前無法判

斷是否仍有視力。往好處想，就算只剩一隻眼睛，仍然可以
看遍世界，不是嗎？

▲ 理州非常疼愛兩個寶貝，熱愛
扮演慈父的角色。花很多時間
陪伴、教導，對孩子有深切期
待。

　祈盼人生是個圓
　　　一位深情妻子的陪病日記

胃出血

　　目前胃出血禁食中，並有發燒現象。做了一連串檢查，判斷是遭受感染，將開始為期一週的抗生素治療。雖然身體狀況不佳，意識狀況略有進展，每回護士檢查身體評估狀況，不管是叫喚或刺激，皆無反應。但對於我和孩子的呼喚，偶爾會睜開眼睛，不能判斷是否為有意識的回應，卻足令我們雀躍不已了！彷彿看到甦醒有望的曙光，事實上我不曾失去過信心。

▲ 義大利比薩斜塔，理州想要
　一柱擎天，化腐朽為神奇。

肺　炎

　　連續幾天都有發燒現象，醫師確定是肺炎，因你感染了較頑強的菌種，而第一線抗生素已經失守，現在已改用第二線抗生素，如果連第二線也失守，這段日子的努力，恐怕將化為烏有。

　　當張醫師查房時，向我談起可能引發的風險，不爭氣的眼淚再也忍不住了。此時恰好鄰居黃媽媽前來探視，脆弱的我，竟抱著黃媽媽痛哭。如果你因為這樣走了，我真的好不甘心，不甘心啊！

　　黃媽媽是虔誠的基督徒，她經常來為你作禱告，並寬慰我脆弱的心靈。這段日子如果不是靠大家的扶持，我不知是否有勇氣走到現在。「無論遇到再大的挫折，都要找到可以支撐著走過去的力量。」真希望有人能幫我預知未來，我需要那股帶領的力量。

卜 卦

　　今晚由好友陪同，去三重找一位據說十分靈驗的卜算師，他會幫人卜卦及排流年，這是朋友提供的訊息。「害怕面對明天，卻又急著想知道明天的事。」對於只想聽好消息，不想再聽任何壞消息的我，來到這兒求神問卜，心中其實十分的矛盾，懷抱著忐忑不安的心，在等待的時間裡特別難熬，朋友已為我們掛了號，很快便能輪到。

　　將你的生辰八字遞給卜算師，他一臉狐疑的看著我，並問道：「這個人還在嗎？」問得我們一頭霧水，我們回答：「是」。他接著說：「這個人命真韌，到現在還在啊！」原本我們想請他為你排流年看運勢，他竟回答說：「不必了，這個人不長命！卜個卦就好。」卜算師的話令人心驚！

　　接著他卜了卦，然後問：「之前有沒有跌倒？」「他在日前從高處跌落受了重傷，住進加護病房，現在已轉入普通病房。」我不安的回答。卜算師說話很直接，他對我說：「小姐，其實我也很少對人家這樣說，你作參考啦！這個人，不是死，就是成為植物人，還能撐到現在很不容易了，我以為他早已往生。」面對這樣的結論，我完全無法接受，腦中一片空白，幾乎無法反應。機警的朋友馬上問他：「是否有什麼能解的？」他說：「帶件穿過的衣服到長沙街土地

公廟過火，抽1CC的血來蓋看嘍！」（蓋魂是一種法術）。

回家的路上，心情又盪到谷底，原是抱著希望而去，卻帶著失望而歸！好友安慰我：「聽聽就好吧！也不一定會如此！」回到家，癱軟在沙發上，望著我們兩年前合拍的全家福照片，「難道此情只能成追憶嗎？」我痛哭失聲。

▲ 這幀全家福照片，曾讓千瑤夜
難成眠、柔腸寸斷。

祈盼人生是個圓
　　一位深情妻子的陪病日記

籤　詩

　　即便昨夜服了安眠藥，今晨仍然起得很早，昨日卜算師說的話，在我的腦海裡縈繞不去，因而決定帶你的衣服，去一趟長沙街的土地公廟（即便只是求個心安也好）。

　　在廟方人員教導下，進行過火儀式，先向土地公上香表明來意，將衣服在金爐上繞圈子，並呼叫衣服主人的姓名，儀式完成後將衣服穿上（不能穿者覆在身上即可），據說可保平安。離去前，我想既然來了，就抽支籤吧！希望土地公能為我指點迷津。

　　一開始，不知是否不擅長與神對話，或是問題太難回覆，連續卜了很多次卦，都得不到聖筊。以前我是不太信這些的，但現在卻希望真的有神存在，能為人所不能為。廟方人員見我是個生手，便走過來指點我，他說除了說明來意，問的事情不要太複雜，一次只問一件事，先徵求土地公同意，若同意你抽籤，請賜予聖筊，果然聖筊出現了，我順利的抽到一支得到土地公應允的籤，是第十七首，籤詩內容如下：「若要求財未得時，只恐鬼賊相侵害，關門閉戶家中坐，災禍偏從天上來。」解籤的先生看了籤詩，問我是求什麼事？說明了事情的原委，他要我再抽一支籤，請求土地公再明確一些的指點，按照他教導的詢問方式，我又抽了一支

籤，是第三首，籤詩內容如下：「鬼門關上遇無常，鐵船過海浪頭風，口頭冤家如咒詛，汝欲去時災禍殃。」連續抽了兩支下籤，且都和生死有關，解籤先生安慰我，船還在風浪上，尚未脫險，就請眾神多保佑吧！那一陣子，只要經過寺或廟，必定雙手合十，請求眾神庇佑你安然度過難關。這兩首籤文的貼切程度，遠遠超出我的預期，也改變了我對求籤的看法。

　　回到醫院，將衣服覆在你的身上，我相信神將會庇佑你，正如孩子說的「好人當有好報啊！」至於抽血去「蓋」的事，我決定不去做，就順著天意吧！「命裡有時終是有，命裡無時莫強求」，當你踩裂水泥板，身體往後仰，頭部直接撞上尖銳的三角磚時，就註定在劫難逃，「命運」這回事，我是真的相信了。

守護天使

　　多日來因反覆胃出血，經常被禁食，改由點滴注射，補充養分，你瘦了好多，肺炎警報仍未解除，身體的狀況時好時壞，但反應似乎有進展，劉先生開心的對我說，他用手在你眼前揮動，你狀況不佳的右眼竟有閉眼反應。

　　轉入普通病房，轉眼已一個星期，這段日子多虧劉先生細心的照料，不管是清潔身體、抽痰、翻身、被動關節運動，都做得非常好，連隔床家屬都稱讚。其實照顧你這個連動都不會動的人十分辛苦，你容易盜汗，經常連衣服床單都溼，劉先生總是時刻讓你保持乾爽，肺炎未癒，怕你再受風寒，連夜間也要多次為你更換。你這種病人最怕壓瘡，翻身擺位，從不疏忽，另外抽痰功夫更是一流，他很有耐心地為你拍背抽痰，每回抽到較深部的一段濃痰，他會開心老半天。

　　至於被動式關節運動，他更是照表操課，一日三回，每個動作多少次，一定確實執行。他說等你醒過來，要有一付能用的身體，因為關節只要幾天不動，就會產生硬化現象，好像門樞不用而生鏽一樣，關節不靈活，活動就會受到影響，且會相當疼痛。劉先生是過來人，他的手臂也曾受傷，有很長時間無法工作，努力復健，強迫自己的手臂運動，因而復健的疼痛，他能體會。能回復到原來的樣了，繼續從事

看護工作，靠的是堅持和毅力。

如果你的命中有貴人，如果上帝差遣了天使來守護你，那就是他——劉先生（他是基督徒）。六十多歲的劉先生，體能不輸年輕人，他說是從小到大過慣苦日子的關係，認真負責更勝年輕人，每回感謝他，他總是謙虛的表示是自己應該做的。在這樣的年代裡，能遇到這麼好的人，能不說是福氣嗎？爸比！你是個有福氣的人，「大難不死，必有後福」，我們等著吧！我真的非常感謝劉先生，每回給他酬勞的紅包袋上，我會寫上我的無盡謝意！對我而言，劉先生不只是看護，他更是我們的守護天使！

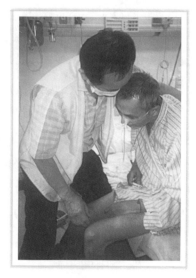

▲ 劉德輝先生是一位非常負責盡職且充滿愛心的看護，是理州的守護天使。

祈盼人生是個圓
一位深情妻子的陪病日記

95/9/16　（昏迷第27天）

針　灸

　　今天妹妹的中醫師朋友來探視你，她來幫你順氣及針灸，完全是友情贊助，不收費用。大家為了讓你早日甦醒，想盡各種方法，一個月眼見就要來臨，真擔心你永遠醒不過來。針灸一直是我們想嚐試的方法，但一直找不到適合人選，因為沒有中醫師願意出診，而這份友情贊助，令我銘感五內。

　　她非常仔細為你評估身體各部分的狀況，並選擇在適當的位置扎針，她在你的腳趾頭上為你扎了許多針，她說這都是非常痛的穴道，平常人是無法承受的。果然在她扎針時，你出現疼痛反應，甚至出現驚嚇反應，身體驚顫了一下，「姊夫！我有這樣可怕嗎？」大家都笑了，因為我們看見了甦醒有望的前奏。

　　今日的療程，非常令人滿意，我們約定了下次再見。感謝上蒼，在你的生命中安排了如此多的貴人。

奇特的夢

　　今天清晨，做了一個奇特的夢，夢中像是去哪兒旅遊，那個地方既熟悉又陌生，原本有人帶路，但不知何時只剩我一個人，我急著找路好跟上別人，但是卻誤闖了一個地方，房間裡放著一個像是要進行手術的平台，上面放著一具沒有面孔，也沒有手臂的屍體（我直覺那人已經死亡），那個身軀像極了壯健時的你，光著身子，沒有生殖器，無法分辨男女。有一群感覺不太良善的人，面容兇惡，都拿著小刀（像水果刀）說是要為那人急救，我心裡想著：「明明是個死人，為什麼還要急救？」其中有一人斥責我不該來這裡，我頻頻向他們道歉說：「歹勢！我在找路啦！」之後跑進另一個房間，發現並沒有出口，再匆忙折回，那些人和手術台都不見了。正感到奇怪，夢已醒了！

　　這個夢如此清晰，不知有何含意？從你出事以來，都是安眠藥助我入眠，因而少有夢境，就算有夢也大多不記得了，但那具像極你的身軀，卻深深烙印在我的心裡。我將夢境轉述給朋友聽，他們覺得，應該是有某種力量，指引我去了那個地方（地府），那一群拿著小刀的人，應該就是你的冤家債主，是籤文中（咒詛）的人，既然他們接受了道歉，不久之後，你應會無恙的回來。

祈盼人生是個圓
一位深情妻子的陪病日記

你是農曆七月份出事的，諸多的巧合，令我這個無特殊信仰的人，開始相信，冥冥之中，似有某種力量的存在，只是我們看不見而已，我懇求上蒼，把你還給我吧！

▲ 理州與千瑤結婚十五週年紀念。

振奮的消息

　　住院即將屆滿一個月，張醫師前些天已向我提及，是否願意轉往安養中心？因為不知你何時才會甦醒，安養中心同樣可以獲得療護。

　　醫院的床數有限，因而較不願收受像你這樣所謂「佔床」的病人，每住滿一個月就得轉院，像人球一樣被轉來轉去，幾乎是眾多醫院的不成文規定，每個病人都一樣，醫師其實也很為難，為什麼這樣？誰也不清楚！

　　「爸比呀！你一定要有點表現，讓醫師覺得你是個仍有救治機會的患者」，劉先生每天對著你「左腳屈起來」、「右腳屈起來」的指令訓練，請你回應我們吧！

　　在殷切的期盼中，我們終於等到你的回應了！左腳已經可以屈起再伸直，你在護士小姐面前聽指令做了一次，令大家好驚訝！稍後張醫師來巡房，獲知這個好消息，也很振奮，他答應在一個月屆滿後，將你轉給復健科，便可繼續留院治療。

　　住院以來，張醫師一直十分照顧我們，他是加護病房主任，當我住在家屬休息室的那段日子，常有機會相遇，他非常忙碌，總是來去匆匆，他的許多建言皆十分中肯。當他知道我的遭遇和境況，每回見面，總會親切的說：「需要幫

忙，告訴我！」雖只是短短幾個字，但我永遠感念在心。張醫師非常忙碌，總院、分院兩邊都有門診，出事那天，幸好遇到醫術高超的他。

　　張醫師對於你的作家身分及你的著作才能，經常感到十分惋惜。你的命中多貴人，張醫師就是其中之一，當初如果不是他搶救得快，你的預後就更難說了！

▲ 理州有一半日本血統，因為十五週年
　紀念照，第一次有機會穿上和服。

眨眼睛

　　你又胃出血了，昨日灌食後即吐奶，後來連灌食藥物也無法進入，你的胃出血情況，一次比一次嚴重，禁食的天數一次比一次長，真的讓我很擔心。雖然身體老是出狀況，但是意識已越來越進步，當我拿著兩年前合拍的全家福照片給你看，逗弄著你，左右上下隨意移動，沒想到，你的眼珠竟然可以跟著移動，我不確定你是否看得懂，但我能確定你看得見了，聽力不知是一直都存在，還是近來開始能分辨聲音，近來每回探視你，只要是剛灌食完，我只要開口詢問你的狀況，你便會因情緒波動，而有溢奶現象，又得緊急抽痰抽奶水，反覆幾次有這樣的情形，我們開始明白，原來你已能認出我的聲音，因而我總避免在你灌食後進入病房，至少需再等半小時，這後來成了我和劉先生的默契！

　　目前你除了左腳能伸、屈，右腳也開始有動作，既然你已能按著指令做動作，我半開玩笑的說著：「如果你認識我，就眨眼睛。」天啊！你竟然眨了眼睛，從此，每個來探望你的人，都要試試這個遊戲，你很少令大家失望，後來我們漸漸疑惑，你究竟是真的認得人，還是只因指令是「眨眼睛」而「眨眼睛」。

友誼價五百

　　隨著你日漸清醒，你的功課也變多了！除了聽指令做動作的練習，還要反覆看著我們的全家福照片。劉先生總是很有耐心的指著相片中人：「這是你，這是你太太，這個是你大兒子，這個是你小兒子。」每翻一頁就重覆一次，一天總要複習個好幾回，每回總不忘說：「呂先生，你的太太和孩子好愛你，等著你趕快好起來，你看你們一家多幸福啊！」稍後我在牆上貼了一些往日旅遊時的放大照片，妹妹則寄來了有你合影的全家福放大照片，近二十個人，不知你認得了誰？

　　除了照片，我們還經常播放你喜愛及熟悉的歌曲，自加護病房起，每日為你做腳底按摩，我總開玩笑的說：「友誼價一次五百，同意的話『眨眼睛』。」你果然眨了眼睛，屢試不爽，有時孩子也加入行列，不管開多高的天價，你都眨了眼睛，逗得大家開懷大笑，劉先生也開起玩笑說：「呂先生！別再亂眨眼睛了，還沒清醒，已經一屁股債嘍！」但你還是眨了眼睛，弄得大家啼笑皆非。

賣　車

　　住院屆滿一個月，原本要轉復健科，但你仍因胃出血禁食中，只依賴點滴注射，加上正發燒有肺炎現象，又要進行為期十天的抗生素治療，因而決定等完全穩定了再轉復健科。

　　你因長期臥床，血管很沉，不易找到施打點，事實上這個月來，你手上、腳上無數的針孔，有時要連換好幾位護士小姐才能打得上，總令我心疼不已，你受的這些罪，不知何時方休？因多日禁食，你的精神明顯變差，有時要你伸屈腿，你也懶得理會，不斷打哈欠。

　　我已和學校聯繫好，重回工作崗位，下週一回學校上課，劉先生的照顧我很放心，但是每日兩千元的看護費，畢竟是有壓力的，車子已賣給了妹婿（孩子們捨不得賣給外人，覺得那是爸爸的東西，希望以後還有機會再見）。出事至今，我不太敢去細算生活的開銷，那是一股無形的壓力，對於原本不擅理財的我，想躲卻躲不了，以往家裡是你在理財，我連家裡有多少錢都不清楚，你出事後，我不知你的提款密碼，連哪本存摺是哪顆章，也搞不清楚，我經常帶著大小不等的章，由銀行小姐幫我確認，你的診斷證明，時時帶在身上，那是你無法親自前往的證明。我曾因開銷龐大，入不敷出，收支嚴重不平衡而痛哭。我好恐懼，不知這樣的日子能撐多久。「爸比！快點好起來！幫幫我吧！」

心防瓦解

今天醫院舉辦中風病人的居家護理研習，指導家屬如何照料病人。當醫師說明著，如何協助病人上下輪椅，怎麼協助病人站立及防止跌倒，怎樣訓練行走……等，一面聽著解說，一面想著：「天啊！那是多麼遙遠的事啊！我的病人連有沒有辦法完全清醒都不知道呢？」想著想著，我竟旁若無人的痛哭起來，後來由社工員將我帶離會場，她讓我盡情哭了好一會兒，才詢問我的狀況，是否有需要協助的地方？

其實我知道，偽裝的堅強不是真正的堅強，我對未來充滿恐懼和茫然，我說起你這個連神都不看好的病人，萬一如所料成了植物人，那龐大的照護費用該怎麼辦？像王曉民那樣，只等著年華老去嗎？平日不願面對的事，在心防瓦解的這一刻，盡情地向社工員宣洩心中的憂慮，我的心中不平衡到了極點，恨透了這個幾乎讓我無力承受的人生！如果只是一場夢，睜開眼睛就能回到原來的生活，該有多好啊！

社工員安慰我：「人生遭逢如此巨大的轉變，任誰都無法接受，讓不滿和憤怒宣洩出來，會比堆積在心裡好。『為什麼是我？』的憤怒情緒，在所難免，讓更多的支持，進到心裡來，會讓人較容易度過這個時期。你的心情，我完全理解，你的痛苦，我也完全明白。回到工作崗位是好的，注意

力全放你先生身上，反而容易患得患失，你有一位好看護！由他照顧已經足夠，你就放心的回到職場吧！換一個舞台，心情或許會不同。」

▲ 理州和千瑤是對志趣相投、喜好讀書的伴侶

貴　人

　　今天抽空參加大兒子的親師懇談會，關於你的狀況，大家都很關心，班導黃老師更是多次到醫院探視你，非常關心你病情的進展。孩子國三了，馬上要面臨基測，而我總是跑醫院，對孩子難免疏忽，他參加學校夜間晚自習，這一年只能全靠他自己了。令人欣慰的是，孩子用功、守分，各科老師都很疼愛他，導師更是關懷有加。聽聞爸爸出事後，在很多方面，黃老師出力甚多，他也是你生命中的一位貴人。

　　小兒子在學校裡是桌球校隊，甚得負責培訓的尹老師賞識，發生了這樣的驟變，一度考慮是否繼續練球，以往和爸爸一起上下學，現在接送出了問題，多次來探視你的尹老師，希望孩子仍留在隊上，他會負責接送。真的好感謝尹老師，他不僅教給孩子球技，更撫慰了孩子無助的心靈。

　　你曾在孩子的學校代過課，同事聽聞出事，紛紛前來探視，看著仍陷昏迷的你，大家的心裡都很沉重，喪偶的梁老師安慰我：「會好起來的，放寬心！」和梁老師比起來，我確實幸運甚多，她的先生多年前出車禍，躺在加護病房裡，兩天就過世了！（因為發燒無法開刀）。

　　爸比！你這一病，讓我發現我們身邊竟有這樣多無形的資產，要感謝的人實在太多，感謝他們一路安慰、扶助和協助！我會永遠銘記在心。

賣力演出

　　每到假日，病房裡訪客不斷，不只一次前來的親朋好友，看見你日漸進步，都感到十分安慰，你那眨眼睛和伸、屈腳的功夫，總要表演好幾回，人越多你越賣力，精神也越好！人果然需要掌聲，才能在加油聲與鼓勵聲中，繼續堅持下去。

　　接連五天的禁食，今天終於恢復灌食。出事前，我經常嘲笑你的啤酒肚，記得有一回，你指著自己肚子，騙三歲大的外甥女芸芸，說會生一隻小兔子給她，芸芸還信以為真，天天等待你何時生小兔子。如今懷著小兔子的肚子不見了，有時不免慶幸，如果當初不夠壯碩，是否能撐得過來？

調整心境

　　回到工作崗位，踏進熟悉的校園，同事遇見我，感到十分驚訝！不斷向我詢問你的病情進展。當我向同事提及你尚未清醒，兩人擁抱痛哭。是啊！再多的淚水也掩蓋不了既成的事實。

　　當同事歡迎我歸隊的同時，新的生活已悄悄展開，你將不再是我生活中唯一的焦點，但是對你的憂慮，從來未曾消減，只要你無法清醒，連串惡夢就沒有終止的一天。

　　太陽明天依舊爬上來，世界終究不會為誰改變，不能改變環境，只有轉變心境，陷在情緒的胡同裡終究不是辦法！重新回到職場，我已做好調整心境的準備，同事們很努力幫助我走出來，從校長到工友，無不對我關懷有加，有位工友阿姨曾對我說：「劉老師，要有信心，我們有位工友同事，也是由高處墜落受了重傷，他花了四年的時間，重新回到職場，我相信你的先生一定也可以的，加油！」

　　是的！我也相信，一定可以的！

友誼無價

　　一波未平一波又起，白天才恢復灌食，晚上就發起高燒39.3℃，隨即展開抗菌大作戰，因為所感染的菌種十分頑強，又得進行為期一週的抗生素治療，不知何時方能真正脫離險境。

　　你的左、右腳會自己自動伸屈，不再依賴指令了。每週一次的針灸，仍持續進行，感覺上對你頗有助益，因為扎針難受時，兩隻腳就會來回屈起又放下，顯得十分不舒服。她告訴你，若是很不舒服，就把腳屈起來回應，結果往往扎下不一會兒，你便屈起了腳，急著要把剛扎下的針抽出來。我們只好一直講笑話逗弄你，分散注意力。

　　妹妹的摯友利用假日休息的時間來診治你，卻又不肯收費用，堅稱友誼無價，這份情義，真的無以為報，她總是說：「大姊！每回過來，都能感受到姊夫的進步，就是最好的回報。不要放在心上！有些人，想救，都未必有機會呢！」

愛是永不止息

　　我每天下班後到醫院陪你，劉先生總會貼心的留給我們獨處的時間，我會把一天的時事和生活中的趣事告訴你，現在除了孩子，還有我的一班學生，話題夠豐富了吧！

　　我一面幫你做腳底按摩，一面和你聊天，告訴你今天的新聞有哪些大事，你是文字工作者，對於新聞有一定的敏銳度，有些話題覺得你會有興趣，便讀給你聽。當你睜著眼睛看著我的時候，雖然沒有任何反應，但總覺得你是聽得懂的。

　　自從你生病以來，心中最常浮現的一首歌，就是「愛的真諦」，或許其中歌詞「凡事包容、凡事相信、凡事盼望、凡事忍耐、愛是永不止息。」正是我最需要的提醒吧！我會努力做到的。

95 / 9 / 28 　（昏迷第 39 天）

愛心風箏

　　今天是你由外科轉復健科的日子，病房由七樓轉到八樓，等我下班探視你，發現是靠窗邊的極佳視野，令人有種重新開始的新鮮感，醫院是何其單調無聊的地方，每天能看見的也只有窗外的景色，這樣的好視野，對你一定有助益。

　　我們在你床位旁做了一些布置，除了照片之外，小兒子在風箏上畫了一隻可愛的海豚，上面寫著「爸比！加油！」我們還在風箏上畫滿了愛心，並且在大大小小的心型圖案上，寫滿所有關心你的人的名字，有了這麼多人的祝福，你一定會好的更快的。

祈盼人生是個圓
一位深情妻子的陪病日記

坐　起

　　目前兩腳很靈活，都能伸屈自如了，腳部動作較簡單，相對手就複雜且困難的多了，你的身體因長久平躺，而顯得僵硬。雖然你尚未完全清醒，但劉先生已著手訓練你坐起來，每隔幾小時就會扶著你坐一會兒，對於你這副無法使力的身軀，是十分費力的事，但他不畏辛苦，只希望有一天，你能在沒有支持的情況下，自己坐著。

　　復健是一條漫長的路，你像嬰孩般的要從坐、站學起（當然前提必須是完全清醒），今天已進入第四十天，我們是有些心急，因為任何人也無法預料，你何時能完全清醒，而等待總是格外漫長啊！

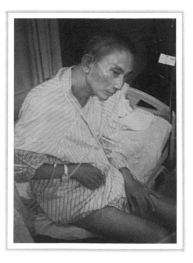

▲ 理州開始練習坐起，即使未完全甦醒，但在劉先生扶持下，能短暫坐著。

認　人

　　今天下午，一大群訪客陸續到來，你很清醒，眼珠子不斷轉動著，看著每一個人。大家站在床前，一一自我介紹，你像是知道，大家是來看你的。當好友對著你說：「理州！我就知道你一定會好起來的，聽到這個消息，嚇死我了！但我相信，你福大命大，一定會沒事的。」好友的神情誇大而逗趣，他是朋友中，說話時動作表情最豐富的一個，有他在的場合絕不冷場，而你看他的眼神，卻像是認識他似的，臉上頓時出現一抹淺笑，不知你是認出平日愛搞笑的他，還是他搞笑的動作令你忍不住發笑。

　　大家發現你有回應，開始你一言、我一語，不斷在床前逗弄你。這是一個熱烈的下午，病房裡瀰漫著濃濃的溫馨氣氛。情義無價，這一群親友，曾多次探訪，大家關心著你何時甦醒，你一定不能辜負大家的期待喔！

發　聲

　　今天是周日，一早探視你，劉先生開心的告訴我，早上做被動式復建時，聽見你隱約發出類似「啊！」的呻吟聲，他不確定你是否已能發聲了，因為只出現過一次，就沒有再發出類似的聲音，因而不知是否只是錯覺。

　　這難道只是我們期盼過度，產生的錯覺嗎？我們期待你像小貝比一樣，忽然開口，發出真正有意識的聲音，我們等待著你完全的甦醒，發出讓我們足以辨識的訊息，但這臨門一腳不知何時才會發生，沒有人能斷言，是否確實會發生。

　　一個植物人，在他未甦醒前，沒有人能預料，他是否會真正醒來。等待了一整天，仍沒有機會再聽你發出一聲「啊！」，但是期待你的甦醒，我從來沒有失去過信心啊！

清　醒

　　今天午休時間，接到劉先生打來的電話，每回接到劉先生的電話，心裡總先往壞處想，因為這段日子以來，壞消息總比好消息來的多。

　　不料電話的一端，劉先生非常興奮的說：「劉小姐，呂先生真的醒來了，他的喉嚨裡發出含糊的聲音，聽起來像是說：『好累哦！』」（昨日發出的「啊！」果真不是錯覺），這是這麼久以來，第一次發出像是有意識的語言，雖然沒有口形，只是喉嚨裡的聲音，卻是空谷足音，令我欣喜不已！

　　距離你出事昏迷至今，恰巧滿42天，六個星期的漫長等待，你果然沒有令大家失望！「皇天不負苦心人」，你回來了，終於回來了，卻讓大家久等了！

鼓　舞

　　今天塗醫師巡房時，知道你似乎會說有意識的語言，雖然昨天只出現了「好累哦！」一句含糊的話，但今天醫師詢問你叫什麼名字時，竟發出可以分辨的「呂理州」三個字，醫師確定你已清醒，所有醫護人員受到很大的鼓舞。我也已等不及將這份喜訊，分享給所有關心你的人。

　　多次在夢中夢見你，令我驚訝的是，你身手矯健，活力充沛，能走、能跑和常人無異，彷彿未出事前的你。現實生活中，你因腦出血而損壞的腦細胞，已無法復原，雖然不曾使用過的細胞會開始運作，形成新的迴路，使人慢慢恢復正常生活。但你實在傷得太重，能甦醒已屬萬幸，未來能復原到什麼狀況，則是「師父領進門，修行靠個人」，因而預後尚難評估。無論如何，甦醒是重生的第一步，一般腦中風病人有半年的黃金恢復期，這段時間恢復的越好，預後越佳；相對的恢復越緩慢，則預後不佳，甚至終身需人照料。

　　黃金半年，你有一個半月躺在床上昏迷不醒，剩下的日子格外珍貴，不容蹉跎。劉先生一再強調，腦傷病人和中風病人不同，有較佳的預後，走出醫院不是夢，一定要有信心。「爸比！加油！」我們拭目以待！

月圓人圓

今天是中秋節，因為今年農曆閏七月，中秋來的格外晚。你因為胃出血，禁食了幾日，才又恢復了灌食，你好瘦，瘦到只剩一副骨架子，凹陷的臉龐，令人看了十分不忍。你已能坐在床沿一會兒，不需人扶持。語音略為清楚，但無口形，並不會主動講，問你才回答！意外的是日文比中文清楚，應該是日文發音較無需口形、較容易發音之故。

你受傷的部位在右腦，語言的功能在左腦，而數字、空間概念則在右腦，語言能力先出現，並不令人意外，但以你腦傷的程度，尚有多少殘餘能力，卻是諸多問號。書上明載著，大部分腦出血嚴重的病人，縱使運氣好死裡逃生，多半也會留有嚴重的後遺症，會造成感覺、知覺、語言、運動等各種障礙，甚至情緒上會有極大變化，導致性情大變。

塗醫師對於這部分十分關心，經常詢問我：「清醒後，情緒有無明顯不穩定，是否出現暴躁、易怒的情形。」不知是尚未開始呈現，或是你很幸運的傷在扣帶回前端，性情反而比生病前更溫和。若是傷在介於扣帶回與海馬回之間，除了脾氣暴躁易怒，還會有攻擊性行為，我聽過很多這樣的案例。

希望我能多點好運！但是既然決定救你，一切後果當然

必須自我承擔，縱使你只剩下兩歲的智商，喜怒無常且具攻擊行為，我也只能含淚負重，繼續陪伴你，因為你是我的家人，難以割捨的親人。月圓人團圓，因為你在，我們的家才顯得圓滿，不是嗎？

▲ 這是理州清醒後，中秋節當天，
妹婿為兩人留下的合影。

第一次的笑容

昨天夜裡又開始發燒 38.1℃，緊急照了 X 光並抽血檢查。今天抽血報告出來了，白血球高達一萬三千五百多，又要進行為期十天的抗生素治療。

今天張醫師突然走進病房，自從轉給復健科的塗醫師，已較少見到他，張醫師對於病床上的你，十分關切。你並不認識張醫師，因為轉給塗醫師時，你尚未清醒，兩位醫師經常聊起你的情況，你已清醒的事，張醫師自然是知道的。我為你介紹這位曾經為你動腦部手術的醫師，並要你謝謝張醫師。當你輕聲開口說：「張醫師，謝謝你！」張醫師興奮地連說了兩次：「他真的會說話吔！他真的會說話吔！」張醫師是個性情中人，他那高興的神情，我一輩子都不會忘記，接著他對我說：「你們很會照顧，真的很厲害！」張醫師還不忘叮嚀恰巧進入的護士：「好不容易救到這樣，真的很不容易！」是啊！這一路走來的艱辛，張醫師最清楚不過了。

今年雙十節出現倒扁的紅衫軍，當三歲大的小外甥友友比著倒扁手勢，說著才學會的口號！「阿扁，下台！」「阿扁，下台！」大家都被友友可愛的模樣逗得大笑，而你的臉上第一次出現像是笑容的表情。目前你能說的話漸漸多了，雖然口形仍不清楚，但至少是用嘴巴講話。受到顏面神經麻痺的影響，右眼仍未能閉合，臉上不曾出現任何表情，這第一次的笑容，因而彌足珍貴。

五花大綁

　　今天是特別值得記錄的一天，住院 52 天以來，你第一回到復健科的治療室做復健。之前職能治療師、物理治療師及語言治療師，都是到病房來為你做復健，而今天你被五花大綁（前面塞顆枕頭，防止你隨時前傾的身體），可以說是被搬到復健室去做復健，時間很短暫，卻是你的一大步。

　　要使腦部過去不曾使用的部分，製造出連結的迴路，須要相當的訓練，這就是復健。身體若不竭盡所能地加以活動，就會逐漸萎縮，以至無法使用。逐漸復元的過程，是非常艱鉅的任務，需要持續不斷復健，且要有想要好起來的強烈意志，否則復原往往難以達成。我知道艱難的考驗才正要開始，因為復健的困難程度，從參閱的書籍中，我已有清楚的概念。唯有充分了解你的病程發展，從中獲得有效幫助你的方法，以及我所需掌握的原則與堅持，才不致在無所適從中亂了套。

　　有一回，你一直吵著要喝飲料，像一個耍賴的孩子，不斷重複著要我們到樓下大廳去拿飲料，任憑我們怎麼安撫，你仍一再吵鬧，後來我們猜測，你指的是自動販賣機，但不知怎麼形容，因而一再重複說：「樓下大廳，有飲料！」弄清了你的意思，我們只好聯合打馬虎眼，推說不知道大廳在

哪裡？你的苦苦哀求，實在令人難以拒絕，但是你尚未具備喝飲料的能力，這是不能冒的風險。語言治療師一再叮囑：「氣管和食道離得很近，對於吞嚥功能有障礙的病人，誤入氣管，引發吸入性肺炎的機會很高，因而請勿餵食。」

　　一個鼻胃管病人，一切都由鼻胃管灌食，無法感受食物的滋味，嘴巴想吃東西，自是難免，因而我們盡量避免在你面前吃東西，當你提起食物時，會在你面前畫大餅：「等你好起來，就可以吃什麼……等。」你就像一個小孩，會開始複述食物名稱，說著你還想吃什麼，水果類有哪些、甜點類有哪些，這是你平日最喜歡的兩類食物。我們用這樣的方法，複習了不少你已遺忘的食物名稱。

　　淋過大雨，更能體會天晴的美好，你常常羨慕劉先生的便當，我十分理解，希望你也能早日享用。

相本日記

　　今天我將往日整理的照片，一本一本搬到醫院來和你分享，那是我們相遇後的點點滴滴，從結婚、育兒……直到你出事前，那是我的相本日記。以前每回剪貼照片時，你總嘲笑我「又在玩照片！」將值得珍藏的照片裱背、張貼，並寫上註解是我的興趣，喜愛收集照片，原是預備留作老後回憶，沒想到竟在此時就派上用場，我曾對孩子說，等你們離家時，媽媽送給你們的禮物，就是這幾本相簿，每個人有屬於自己編號的㈠㈡㈢……，這可是無法計價的珍寶呢！

　　翻閱著相簿，回憶回來了！大兒子十個月大的時候，我們搬到幽靜閒適的山莊，封閉式的社區，車輛出入極少，馬路是孩子們的大畫布，你提供了各色粉筆，供他們在地上盡情彩繪；院子裡長得飛快的絲瓜，足夠我們分送這家、分送那家；門前的木瓜更是鳥兒們覬覦的對象，經常被啃的只剩下空殼，連松鼠也來光顧；家裡的長壽兔（養了八年，目前還在），牠隨性躺在草地上的模樣（四肢伸直），常令我們誤以為牠死了，原來只是熟睡罷了！（據說兔子只有完全失去警戒才會如此，看來我們家真是太安逸了！）

　　為了增廣孩子的見聞，我們常帶著孩子四處走走，一張張旅遊照片，留下諸多美好的回憶。記得那回遊歐洲，小兒

子非常愛耍賴，他想買風鈴，不買給他，就任性的吵鬧不休，且說著不要回家。我們曾在瑞士街頭，說要幫他找戶好人家，將他留在那裡，我們還開玩笑說：「家家戶戶都有私人遊艇，住在這裡一定很不錯！」他氣得一路追打我們。

　　沒想到在瑞士街頭竟巧遇郭老師一家人，我們是同事也是鄰居，住在同一個山莊裡，我們跟團，他們則是自助旅行，出發日期不同，旅遊地點除了瑞士之外，也都不相同。行前，小兒子曾問我：「我們在歐洲會不會遇到郭老師一家人？」我回答他：「世界這麼大，應該不會吧！」結果，世界上有什麼絕對不可能發生的事呢？我們不但相遇了，還留下一張四個好友的合照。生命的奇妙，有時真令人讚嘆！

　　出事至今，你的境遇也十分令人讚嘆，正如大兒子所說：「世界上沒有不可能的事，只是機率的問題。」好一個機率的問題，如果時間能夠倒轉，你是否還會撞上那要命的磚塊？而你在生存機會渺茫的情況下，存活下來，又是怎麼樣的機率呢？人世間的事，誰也說不準啊！

祈盼人生是個圓
——位深情妻子的陪病日記

練習站立

　　今天是星期六，住院病人仍然安排了復健課程，這是我第一次陪你做復健，對我來說一切都好新鮮。我再也不是那個參加居家護理研習，竟痛哭失聲的傷心家屬。才三個星期的光景，你已成為復健教室的一員，每天的療程有職能治療和物理治療兩個項目，語言治療則是每週一次。

　　職能治療是由親切有禮的戴老師負責，他非常有愛心，對於你這位由病房即由他負責的病人，從不被看好，到一路挺過來，他對你總多了份疼惜。你的第一個復健項目，是站在有護腰皮帶套住的鏡子前，我不知道你是否感覺顏面的改變，你的頭部向右傾斜，脖子像是支撐不住沉重的頭顱，背也駝的厲害，口水不止地流下來，歪嘴斜頸的你，體力很差，多數時間閉著眼睛，像在假寐，你沉重的身軀，可累了一直扶著你的劉先生。即便如此，你仍需要完成你的課程，雖然只有十分鐘的課程，對你這位禁不起折騰的病人，就像一個世紀那麼漫長。

　　稍作休息後，接著至物理治療室。物理治療換了新老師，從加護病房轉至普通病房，原來由石老師負責，現在則改由她先生楊老師負責，石老師半開玩笑說：「一家人，定會多照顧的！」感謝大家對你的疼惜，楊老師十分和善盡

責，雖然物理治療的項目仍是站立，你的身體被綁在一張能九十度轉動的電動床上，先從四十五度開始練習起，你的腳跟無法完全著地，因此站立時格外辛苦。雖然我一再逗弄你，但你仍顯得十分疲累，忍不住假寐，復健對於你這個因長久臥床，身軀較為僵硬的患者來說，比一般人來得辛苦，但是早日進行復健，對你而言是必要且有助益的，努力撐到最後，是目前的首要目標。「爸比！加油！」

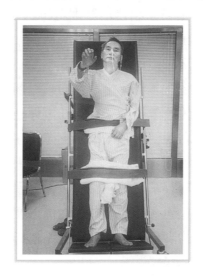

▲ 理州被綁在能九十度轉動
的電動復健床上，因腳跟
無法著地，因此站立很辛
苦，視站立為酷刑。

意外的訪客

　　今天的病房裡，出現了一群意外的訪客，是你代課時教過的學生，他們都已上了國中，第一次段考後，他們相約來看老師，你都記得他們，只是叫不出名字，經過他們自己報出姓名，回憶回來了，你會說出誰以前很用功，誰很愛開玩笑，誰很會下棋，誰很乖巧懂事……等。

　　兩個女孩看著你的模樣，忍不住哭了起來，一時之間，我也不知如何安慰她們，我摟著她們解釋著：「現在的狀況已經好很多了……」說著說著，我竟然也哭了起來，是的，這一路是血淚交織起來的。

　　復健時間到了，大家陪著你一起下樓做復健，你很開心的向戴老師介紹：「這些是我以前的學生，他們來看我。」當你被安排在推木箱的檯子前練習站立，你委曲地說著：「他們都玩好玩的，我都沒有。」意思是，大家都在操作可以活動的器具，而你卻不能。戴老師安慰你：「呂先生，等你再好一些，就可以玩很多好玩的嘍！加油！」兩個女孩，聽見你說的話，又在旁偷偷的拭淚。送走了學生們，你忍不住問我：「那兩個女生，為什麼一直在哭啊！」我無言以對，這回，躲到廁所痛哭的人，換成了我。

回不來的日子

　　自從你出事後，每回騎著摩托車至大賣場採購日常用品，就會忍不住思念起，往日一家大小，由你開車赴賣場採購的情景。「這樣的日子，再也回不來了！」每回想到這，就會讓我感傷良久。是的，日子是改變了，但改變的又何止是我呢？坐在我身後的小兒子，他每次看我領錢，就會憂慮的問我：「家裡的錢會不會不夠用？」我總是勉強擠出一點笑容：「車子賣了，可以撐一陣子！」

　　家裡的經濟情況，自從你出事後，有多少開支、有多少收入，從不瞞著孩子們，畢竟家裡的改變，不是只有我一人，孩子們一直在羽翼下成長，如今家庭遭逢變故，他們也只能及早學習長大。小六的小兒子，在這個轉變裡成長了不少，他貼心的守護在我身旁，為我分憂解勞；大兒子則因是國三生，課業繁重，身處一級戰區，每天需晚自習到很晚才回到家，從不補習的他，若能不因家庭變故而不受影響，表現出應有實力，就屬萬幸了。

　　我相信「一枝草，一點露」，黃媽媽常說：「上帝為我們關上一扇門，必然會再為我們開一扇窗」，「上帝的安排自有祂的美意！」只是，我仍不十分明白，為什麼會是這樣呢？

轉　院

　　今天是你轉院的日子，因為兩個月的期限已到，在塗醫師的協助下，將轉至基隆署立醫院。我們雇用了救護車送你到基隆，一路上，你非常不安，一直問著：「到了沒？到了沒？」你被五花大綁（手腳各繫上安全帶）送上救護車，不知是車子的速度讓你恐懼，或是因身體被束縛，讓你不舒服，你的「到了沒？」一路沒停過，我的安撫全然無效，當我將手輕撫安慰你時，你會大叫「不要壓迫我」，你這段日子的用語比較奇特，「壓著」會說成「壓迫」，有時會令人無法明白，你究竟要表達什麼？而你形容事情的方式，也較為片斷、不連貫，有時你表達的很努力，我們仍摸不著頭緒，你會氣得不想理會我們。我了解你的挫折，我們會耐心的聽你把話說清楚，同時努力增進你的語彙記憶及說話能力，別心急！慢慢來，你一定能夠把話說清楚的。

　　當一切安頓就緒，主治醫師前來探視，當他詢問你：

「叫什麼名字？」

「呂理州！」

「年齡幾歲？」

「四十歲！」

「今年是民國幾年？」

「七十八年！」

「一百減七等於幾？」你想了很久，回說：「不知道！」話題就此結束。不知因何，自你醒來，年齡即從五十歲減成四十歲，民國則倒回至七十八年（是你從日本返台的那一年），每回問你，答案總是如此，我們也就不再和你爭論，反正對於你，今夕是何夕又有什麼差別？

為你在牆壁貼上「愛心風箏」，那幅「爸比！加油！」裝滿愛與祝福的風箏。今夜我們居住在不同的城市，就讓「愛心風箏」上那麼多的人陪著你吧！搭乘返家的火車，心裡格外懸念，雖然仍由熟悉的劉先生繼續照顧著你，我應可放心，但畢竟不是跨上摩托車就能到得了的地方，心裡總是多了幾分不安。你像離不開媽媽的小兒，頻頻詢問何時來看你，我和你約定，一下班就來，方才不捨的讓我離開。還百般叮嚀：「要早一點來哦！」

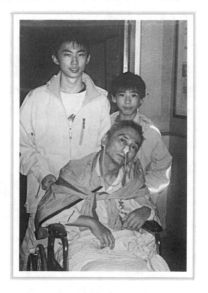

▲ 國泰醫院住滿兩個月，轉院至基隆署立醫院時，父子三人的合影。

祈盼人生是個圓
一位深情妻子的陪病日記

口腹之慾

「你為什麼那麼久才來？」一見面就這樣詢問我，一副「一日不見如隔三秋」的模樣。我向你解釋：「一下了班，馬上趕赴火車站，搭乘往基隆的火車，到了火車站轉搭客運到這裡，還要再走一段路，我已經很努力盡快趕來了，連晚餐都還沒吃呢！」「哦！那很辛苦！」其實你現在對於時間的概念完全憑感覺，你甚至不清楚白天與黑夜，更不了解究竟過了多久。

在我和劉先生的觀察中，你的語言能力恢復得很快，日文、英文、閩南語，似乎都沒有忘記，只是語音仍不夠清楚，有時要說多次才聽得懂，但畢竟都在恢復中。時間、空間和數字的部分，則進展得非常緩慢，你會數數，卻無法記住數字，連病房住幾樓都無法記住，雖然劉先生一再的教導及不斷提醒，你仍然馬上就忘了。

一聽說我還沒吃飯，就說要陪我到樓下去用餐，原來劉先生已帶著你逛了不少地方。現在的你，對吃這件事最感興趣了，近半個月來，已沒有再出現胃出血的情形，或許因此你的胃口變好了，但是你的吞嚥能力，並沒有跟上口腹之慾，因此你只能是陪客，看著別人吃，而你乾過癮。

來到了樓下的中庭，有許多商店，醫療用品店、超商、

還有你最愛的咖啡館，我推著輪椅，你不斷向我詢問蛋糕的名稱，黑森林蛋糕、芒果慕思、起士蛋糕、提拉米蘇蛋糕……，看著你像孩童一樣渴望吃的神情，我只能安慰你：「等你再好一點，我一定請你吃！」「每一種我都要吃吃看！」「加油！趕快好起來，好多好吃的東西，都在等著你呢！」

　　最後我在超商買了國民便當，雖然你一再要求我買塊蛋糕來試試，但我實在不忍見你，想吃又不能吃的模樣，約定下回再一同前來品嚐。

鼻胃管惡魔

　　今天探望你時，聽說你昨晚把鼻胃管自行抽掉了，我問你為什麼要這樣做，你說：「昨夜夢見鼻胃管變成惡魔，所以就把它抽起來丟掉。」當我一再向你說明：「目前鼻胃管是你的維生系統，它不是惡魔，是來幫助你的，反覆插管容易造成感染，對你沒有好處，請你不要再自行抽管了，好嗎？」你仍一再強調昨天晚上的鼻胃管真的是惡魔，夢境與現實，不知你是否真能分得清。

　　對於新環境，你適應的不太好，經常懇求我說要回家，這是在汐止國泰時沒有的情形，你說國泰和家裡同樣都在汐止，你要在汐止、不要在基隆，基隆不是你的家。我十分為難，和醫生約定好兩至三週後再轉回去，基隆署立醫院則說可住一個月，可見各醫院似乎都是以一個月為住院週期，現在才來四天，你就吵著要回去，真令我傷透腦筋。你也吵著要看孩子們，以前在汐止時，孩子們可以搭公車或接駁車來看你，每天都行。現在路途遙遠，孩子們也有課業要完成，因而只能利用假日來看你。我安撫著你，週六很快就到了，定會帶孩子們來見你。

人間美味

今天一早,帶著孩子們到醫院看爸爸,途中有商家正在換季拍賣,我為你和孩子們選購了一些衣物,平日來去匆匆,根本沒有心思逛商店,孩子正在成長,衣服總是得要添購。當我們大包小包拎著一堆衣服進病房,你抱怨我們來得太晚,害你久等了。但是當你看見我幫你和孩子買的衣服,開心的笑了。我買的衣服,目前你並沒有辦法穿,現在的你只能穿前開襟的衣服,因為手臂無法舉起,但我好希望明年此時,你能夠真正穿上它。

大兒子的生日剛過,小兒子的生日將至,你提議到樓下吃蛋糕慶祝。沒想到不久後,接獲妹的來電,說是帶爸媽北上來看你,就快要抵達了。今天真是熱鬧的一天,大家吃著蛋糕、喝著茶品,也讓你淺嚐了幾口布丁,你這隻酷愛甜食的大蒼蠅,也該滿足了吧!

久未進食,今日開禁,當是人間美味吧!但願上蒼保佑,希望別發生些什麼事才好!

換身分

　　兩天的假期轉眼將結束，因為距離較遠、往返不便，因而我幾乎是整日陪伴著你。當劉先生為你做被動式復健時，我便出去逛逛，讓劉先生好做事，基本上我扮白臉，劉先生扮黑臉，復健初期沒有不疼痛的，我和劉先生都有復健重要性的共識。我在時，就讓你休息喘口氣，因而我成了你的救世主，若哪天我沒到醫院，你肯定睡不著，且會吵鬧不休，所以我不管再忙再累，也一定每天到醫院向你報到。

　　今天晚上你很反常，不肯讓我離去，你說今天一定要和我一起回家，你不要再住在這裡了，你說：「我不想再躺在醫院裡，我要幫你去上課，換你躺在這裡當病人，你就會知道劉先生和復健老師都好可怕。」我只好安撫你，「好吧！明天，我們再問問醫師，你可不可以出院！」

　　「我不要明天，今天的火車是幾點的？幫我穿鞋，我要去搭火車！」

　　「那你要搭到哪裡去呀？」

　　「汐止啊！」

　　「汐止的什麼地方？你要告訴計程車司機，你要去的地址，他才會送你去呀！」

　　「汐止……汐止，可是我忘記地址了！」

「忘記了？」

「真的忘記了！」

「那你忘記了怎麼回家？」

「你提示我就會想起來！」

「好！汐止市汐萬路三段」

「汐萬路三段 199 巷 60 弄 6 號」

「對了，答對了！」這個居住十幾年的地址，你果然記得。

「那我可以回家了！」

「可是現在正在下雨哦！」

「沒關係！撐傘就好了！」說得真像一回事，你好像是個能行動自如的人，難道你又掉入幻境裡了？

這時候，護士小姐聞訊趕來，輕呼你：「呂先生！」你指著我說：「你要喊『有』啊！現在開始換身分了。」弄得我們啼笑皆非。護士小姐接著說：「聽說你吵著要回家是嗎？你沒有經過醫師同意就離開，會害我們大家被健保局處罰哦！」「她會代替我住在這裡！」「哦！那她要理光頭和你一樣，還要做變性手術，才會變成男的。……」「好啦！好啦！你們真的很煩哋！我等明天就是了！」就這樣，在護士小姐協助下，我才脫得了身。隨著你的語言能力越來越好，往後這樣的場景必然經常上演，「秀才遇到兵，有理說不清」，唉！難啊！

拒絕復健

今天一走進病房，你就非常嚴肅的對我說：「千瑤，我有一件很重要的事情要對你說！」「哦！什麼重要的事！」我心頭一驚，不知發生了什麼大事。「今天你要決定選他還是選我，如果他留在醫院，我就要出去。」「去哪裡？」「在醫院外面走來走去，我一定不要再進醫院。」「哦！你要在外面走來走去？」「是！」天啊！你是個還在練習站的病人，沒有綁著根本站不穩的人，竟然要在外面走來走去？

你最近開始抗拒做復健，很討厭別人碰觸你的身體，不管誰都一樣，你說劉先生、復健師、針灸師（你自己的稱呼！指的是中醫師）都故意把你弄得很痛，所以你不要再住院了。你不滿的說：「劉先生這個人，他逾越主僕分際，主觀意識太強，叫他不要做，他還繼續做，我說他是最神聖的基督徒，是最善良最有慈悲心的人，他只是笑一笑，仍然繼續做他的復健！」

「哦！這些事情我了解，他做復健是為你好呀！」「我要復健，是合理的復健，你們這樣一直壓我的手，是不合理的。」我拉起你的手想安撫你。你卻大叫：「不要碰我！你要做什麼？你和劉先生要一起害我！」「我為什麼要害你？」你的神情，讓我哭笑不得。「我怎麼知道為什麼？但是你不

要碰我啊！你們怎麼可以妨礙自由，請讓我自由，你們這樣違反人權。」由你和我的對話，我明白你已懂得思考，一切不再只是單純的靠直覺說話，你已懂得為自己爭權益，希望少受痛苦。我知道挑戰才正要開始，「你可以給我一些時間考慮這件事嗎？」我想用緩兵之計。你沒有說話，也不再吵鬧！

　　為了轉移你的注意力，我要你陪我到樓下去看（欣賞）蛋糕，甜食可令人產生滿足感！每回說到「看蛋糕」（真的只是看）你一定不會拒絕，因為偶能分到一杯羹，我會讓你向老闆點餐，「字」你自然是認得的，並沒有忘記。說話不夠清楚，則需要多練習。

鬧脾氣

　　最近走進你的病房，總需要一點心理準備，因為從我離開後至我到來之前，這中間一定又發生了什麼事。你對於不願意配合復健，仍未休兵，且開始出現激烈的情緒，當你心情不太好，不想回答問話或有些生氣時，你就會不斷吹氣，像是小狗發出低鳴聲，發出「別惹我！」的警告。

　　「你到底考慮的怎麼樣了，已經想太久了！」你對昨日的事顯然沒有忘記，或許該說這件事在你的腦海裡，始終盤繞，根本不曾離去。「我很忙，工作、醫院、家裡，都需要我，沒有劉先生的幫忙，我會累死！那時候你怎麼辦？孩子們怎麼辦？我知道復健很痛，但是就像捕破網那首歌裡說的：『若不補！就永遠沒希望。』你也一樣，若不做復健，就永遠沒希望。你不想過更好品質的生活，回到以前的生活嗎？這段日子，你經常說，很孤單、很寂寞、很想家、很想出院，很想回到以前的生活。回到以前的生活，你以為我不想嗎？誰喜歡醫院、家裡兩頭跑！誰喜歡過現在這樣的生活？」

　　沒想到你竟然很堅持不做復健，要回家，還生氣的說：「再幫我做復健，我就要開瓦斯，要上吊，要去死！」你激烈的情緒，確實嚇壞了我，事實上你連結束自己生命的能力

都沒有。但是你的憤怒情緒我能理解，面對不願面對的事，選擇逃避也是人之常情。這樣重的一副擔子，我也好想逃，但終究還是挑了起來，這是我的命，承擔由認命開始。

遭逢巨變，心裡的情緒會經歷許多變化，且過程反覆，大致會遭遇五個心理階段：否認→憤怒→討價還價→放棄→接納，我也是這樣一路走來，能體會你的內心轉折。你完全不記得，8 月 21 日那天，找水電工來家裡的事了，清醒的第一個感覺，是有人把你的手壓得很痛，而你不明白為什麼躺在醫院裡？而 8 月 21 日像條分水嶺，之前的事都記得，之後的事，完全沒有任何印象也想不起來，反正那也不是什麼愉快的記憶，忘了也好！

我了解你目前正處於憤怒時期，誰也不想這樣的事情，發生在自己的身上，在飽嚐各種治療之後，還有疼痛的復健，不知何日方止的進行著。你說不想活著，我可以理解，身處憤怒情緒中的你，我知道任何的話，你都聽不進去的。

住院醫師知道你又在鬧脾氣，便過來了解狀況，這一層住的全是復健病患，想必醫師早已司空見慣了！他表示你們這類的病人，都是這樣的，有的還會打人或罵人呢！你的狀況算是好的！復健是一條漫長的路，病人的心理狀態和配合度，會影響復健效果。他建議會精神科，看看是否能找出對策。我接受了建議，決定會精神科，了解你的心理狀況，只要能對你有幫助，我都願意試試。

巧克力老師

今天下午請了半天假,陪你上精神科門診,你想了一堆問題,要我記下來,詢問醫師。

一、復健究竟要多少時間才能完成?

二、復原後是否能再從事以前的工作?

三、眼睛的問題,很害怕眼睛變得沒有用,是否有退化的情形。

你說話的速度很緩慢,一句話和一句話之間有時要想很久,語言表達尚不流暢,口齒也不清楚,就如牙牙學語的寶寶,只有最親近的人,才懂得你在說什麼?真不知醫師是否有耐心聽你說話。

很快便輪到你了,因為是會診預先已掛了號,醫師一面看著你的電腦斷層掃描照片,一面詢問你:

「叫什麼名字?」

「呂理州!」

「這是什麼地方?」

「醫院!」

「你今年幾歲?」

「四十歲!」

「你住院多久?」

「半年」

「今年是民國幾年？」

「七十八年！」

「今天是幾月幾日？」

「不知道！」

「今天是星期幾？」

「不知道！」

「家裡的電話是幾號？」

「忘記了！」醫師就此打住。當我正想向醫師詢問，你要我記下的問題，醫師已接著說：「從片子看來，他傷得相當嚴重，目前意識狀況看來也不佳（確實！八個題目，只對了兩個）。你們太心急了，多給他一點時間，量力而為，才不會給彼此造成太大壓力，我開一些藥給他，看看情緒是否能穩定些！」當你發現醫師竟然如此同理你的心情，竟然急著道謝走人！害我連插話的餘地都沒有。

回到病房，你像得到全面勝利似的，還說巧克力老師是好人，他的話是對的。「什麼巧克力老師？」問了半天才弄懂，原來指的是精神科醫師，巧克力老師源自於「阿扁，你是我的巧克力。」那句官兵對阿扁總統拍馬屁的話，而你的意思則是指精神科醫師很窩心，像巧克力一樣甜在心裡。

我和劉先生有幾分洩氣，你一副拿到免戰金牌的模樣，今後復健的路，將更坎坷了！我忍不住對你耳提面命：「復

健還是要做的，今天不做，明天就會後悔！」「是！劉太后！巧克力老師的理論是對的，實際上對的是劉太后。」你生病以後，最大的進步，就是拍馬屁的功夫，進步神速，而且不管誰的馬屁都拍，嘴巴變甜，對我來說可是「因禍得福」。我不理解你的改變，是腦子起了變化？還是因為殘疾，使你的身段變軟了？總之，你最害怕我不理你，最怕見不到我。因而我的話，你多少還是會聽的。

日本精神

　　這是你轉至基隆的第二個週休假期，自從增加服用精神科的藥物，你的情緒不再那樣激動，且不再出現吵鬧不休的情況，只是對於復健依然排斥。慶幸隔床的老先生夫婦常常鼓勵你要勤加復健，一再說你還年輕，尚有希望，絕不要放棄。隔床老先生也是中風病患，七十多歲了，經常在醫院間往返，只要一住院，不放心的老妻，一定前來陪伴，夫婦兩人皆受日本教育，經常用日語交談。當他們獲悉你也會日語，老先生經常用日語為你打氣，有時你們還一起呼口號，模樣煞是有趣！「是啊！日本精神豈有這樣容易被打敗！」不知是否顧慮你的日本精神，聽劉先生說，復健時已較少大聲喊叫，平日的「唉喲喂呀！」音量降低不少。

　　到基隆轉眼快兩週了，但你尚未有機會見見周遭環境，我們決定帶你出去逛逛，穿戴好保暖衣物，在你胸前塞顆枕頭，一切準備就緒。一路上，劉先生指導我怎樣推輪椅，馬路不如醫院地面平坦，騎樓又得上上下下，因為怕你跌傷，我尚未在馬路上推過你，在劉先生的指導下：「下坡時要倒過來推，人才不會往前倒；上坡要施力往後仰，才能順利登上去！」我很小心的操作，遇到較無把握的路段，則交由劉先生接手，我則在旁跟隨練習。「若說推動搖籃的手，是最偉大的手，那推動輪椅的手，則是最令人感恩的手。」

珍惜當下

　　使用精神科藥物轉眼也一週了，你的情緒雖然較為平和，也比較沒有一些怪異的想法和舉止，但似乎漸漸沒有力氣了，且身體有逐漸癱軟現象，經向醫師反應，藥物正在調整中。

　　今天我到病房，沒找到你，原來是劉先生推你去做心電圖。檢測過程中，有心律不整的現象，你的心臟一向不錯，沒有出過問題，這樣的檢測結果，大大出乎我的意料之外，如果多了項心臟病，這該如何是好？以前常笑你，那樣愛吃甜食，當心得糖尿病！（我知道糖尿病是代謝問題，不是愛吃甜食的問題。）你愛吃甜食，常令我憂心，你卻總理直氣壯：「日本人哪個不愛甜食？」你有二分之一的日本血統，愛吃甜食像是理所當然似的。其實你們這群用藥物搶救下來的人，多少都會留下些許後遺症，心血管疾病對於腦中風患者，顯然雪上加霜，但現在一切狀況尚未明朗，就別再多想了。

　　自從你出事後，我訓練自己，不必多想明日之事，計畫永遠趕不上變化，變化永遠趕不上狀況，狀況則多的難以細數，況且煩惱明日之事是沒有用的，明日未可知，不如珍惜當下，因而我珍惜每一段和你相處的時光，我向老天爺借了時間，但不知祂應允了多久？

漫長復元路

　　原本打算讓你住滿一個月，再轉回汐止國泰，但是你的情況，似乎越來越不理想，身體癱軟，使不出力氣，比三個星期前轉出國泰時，狀況更差。那時你雙腳已能打直，站一會兒，而現在連雙腳打直站立都有困難了。經過和塗醫師聯絡，決定於下週三將你轉回國泰。

　　永遠不會忘記，轉院基隆的這段日子。膽小怕黑又怕寂寞的小兒子，因為路途遙遙無法跟隨我，瘦瘦小小的他，要自己打理一切，還要克服獨自在家的恐懼，阿姨們會在這段獨處時間給他電話關懷，但畢竟大多時間他都要獨自面對，對於一向和爸媽同進同出習慣的他，這段日子，他獨立的令人心疼。

　　而我每日趕車、趕路、趕見你、趕回家，每天馬不停蹄的趕個不停，身體的疲累是一回事，你的病情毫無進展，才更令人心急如焚。黃金半年，眼看過了大半，而你卻是進一步退兩步，復元之路，更加遙遙而漫長了。

引 頸 期 盼

　　當救護車開下交流道，駛進大同路，我告訴你汐止到了！你開心的笑了，回到熟悉的地方，是你這些日子引頸期盼的。一樣的五花大綁，但這回你沒有焦躁不安，很平靜地耐心等候。這些日子，你沒有以往活潑，話也少了，不知是藥物的作用，還是你的情緒階段又轉變了。

　　下午塗醫師來巡房，我將你目前使用的藥物交給醫師過目，「吃這麼多啊！」塗醫師似乎有些驚訝！我把會經神科的始末，大略說了一下，塗醫師表示了解。她也會請身心科醫師（精神科和身心科是同一科，只是稱呼不同）來會診，再研究如何調整藥物，塗醫師的話，令我寬心不少。

禍福難料

　　轉回國泰，同樣的復健課程，仍是原班人馬，職能治療的戴老師看見你，心疼的說：「怎麼會這樣呢？原本以為三個星期回來，應該進步了許多的！」他幫你檢查四肢的活動力，確實是退步了。「沒關係！重新再來過吧！」你又站上你口中的「罰站台」，依舊繫著皮帶，只是腳顯得無力，也打不直，需劉先生幫你壓著雙腿。

　　而物理治療的楊老師，他的驚訝也不在話下：「沒有關係，重新再來過吧！」這句話除了打氣兼鼓勵，其實也有心血付諸流水的些許無奈！

　　環境適應不良，對你們這類病人的影響，遠比想像中來的大，建立「信任」畢竟不容易，就像小孩換娴姆一樣，禍福難料！

真情相伴

回到汐止的第一個休假日，又和往日一樣，有許多的訪客，陸續前來看你！這也是你在基隆時，一直不能習慣的原因，你很怕寂寞、更怕被遺忘。

我們的乾兒子一家人，每個假日，總是攜家帶眷一起來探望你，帶來你愛吃的水果（你不一定會吃，但是看了也過癮）。閒聊當中，你竟然提出「下一次可不可以帶鳳梨酥？我好想吃！」大家你看看我，我看看你，不禁相視而笑，「爸比！你會不會太誇張了！才開始練習吃布丁，就想吃鳳梨酥，那是多不容易吃的食物啊！」

乾兒子的爹地媽咪是我多年好友，出事當天，他們夫妻倆接獲消息馬上趕過來，陪伴著我等待開刀結果，你的整個病程發展，他們自是最為清楚不過了，每週的探視，看著你一點一點好起來，心中的喜悅不言可喻！

我的家人離我遠（台中），你的家人更遠（日本），這一路，如果不是摯友一家人的協助，不知會慌亂到什麼程度，「感謝」絕對不足以表達我內心的感受，這份患難與共、真情相伴的恩情，永銘心底，無以為報！

耍 賴

　　每回假日，陪伴你的時間較長，你就會耍賴不肯乖乖做被動式復健，還會討價還價，復健教室週日休息，為什麼被動式復健週日不能休息！遇到不耐煩、不想做的時候，就說想吐，連護士小姐也前來關切。「呂先生，你為什麼想吐？」結果你竟然說：「做復健就想吐，不做復健就不想吐了！」你的坦白，令大家啼笑皆非。

　　為了分散你的疼痛注意力，劉先生會請你自己數數，他如果說十下，那你數到十，一定會叫手「回去」（放下的意思），不知何故，你的有些用語很奇特，明明是你身上的四肢，卻常用「他」來稱呼，「不乖的孩子要受到比較多的處罰」指的是你的左手。「因為他能力不好，不長進，所以要多做幾次。」你的心裡不知同時住了幾個他和幾個我，經常出現不同的面相。

　　我有時不免擔心，會不會是因為腦傷造成的後遺症，醫師並不完全排除，腦傷患者變數較多，即使預後也常會有無法解釋的現象發生。人腦何其複雜，如何改變，誰也說不定，希望這只是短暫的過渡現象，隨著腦子的逐漸整合，狀況會越來越好！

討價還價

　　現在的你，做復健仍然非常計較，上復健課每個項目操作之前，一定先向老師要碼錶計時，時間一到絕對不多做。戴老師說：「這類學員都一樣，像小學生一樣，功課能不多做就絕不多做，他肯配合，很本分的達到要求，已經很不錯了！」說的也是，你的同學裡（復健科的同學），有一位老阿嬤，每回來做復健，都是從頭哭到尾，當他的兒子不耐煩的說：「好啦！不要做了，回家！」她馬上不哭了。

　　復健確實疼痛，但是越不活動就越痛，持續活動，直到進步到一定程度，就不再痛了。正因自己無法自行活動，因而他人幫忙操作的被動式復健，就格外重要，持之以恆是不二法門，一日兩次（三次尤佳）。一旦關節僵硬，肌肉攣縮，復健就更困難了。我和劉先生的堅持是有一定道理的，希望有一天，你能真正的明白，並感謝我們今日的堅持。

　　劉先生曾經說過，他照顧過的一位中風患者，因為復健的疼痛難忍，多次想出拳打他（很多中風病人，有一側是健側，並沒有損傷，因而尚有行動能力），冒著挨揍的風險，在劉先生堅持下努力復健。當他恢復健康後，經常說這副手腳是劉先生賜與他的。

　　我希望也有這麼一天，「上天是很公平的，前面輕鬆的

人，後面就會很痛苦；前面辛苦的人，後面就會很快樂。寧願先苦後樂，也不要先樂後苦。」那將會是我們共同的折磨，你能越來越好，就是我最大的福氣啊！

▲一家人在法國巴黎艾菲爾鐵塔前合影。

祈盼人生是個圓
一位深情妻子的陪病日記

睡衣派對

　　天氣變冷了，幫你買了幾套新睡衣，當我幫你穿上時，你高興的說：「好像新郎一樣喔！」我附和著你「等你好起來，我們要舉辦一個睡衣派對，來參加的人都要穿睡衣。」「而且要請大家吃水果大餐，還有很多的蛋糕！」你開心的說。「是啊！好美的夢！」我也忍不住會心一笑。

　　你最近心情似乎不錯，經常計畫著未來的事，遠流出版社的林先生來電表示，你的著作《明治維新》和《福澤諭吉》將結合成一冊在大陸出版，這是你在出事前就談妥的事。你非常高興，還幻想著在上海舉辦簽名會，但是你還不會握筆寫字怎麼辦呢？我藉此機會鼓勵你：「要更用心做復健，有一天你的手，不但可以握筆寫字，還能為你的讀者寫下美美的簽名。」

　　在當下我們還約定了，等你好起來，要一起合力寫一本書，記錄你這段復健歲月。希望這是讓你好起來的動力，你一直很介意，不知復原後是否還能從事寫作的工作？以你目前的狀況，預後會如何，實在很難說，一切就看你個人的努力了。

　　「爸比！加油！」

逐夢踏實

　　自從轉回國泰後，你的復健又有了明顯的進步，職能治療課程你不再只是罰站，也開始玩好玩的了，你所謂「好玩的」是指「操作教具」，但是當你開始操作之後，又覺得並不好玩，因為樣樣做起來都很吃力。例如推木箱，劉先生幫你使力推出去，還要幫你拉回來，因為你還尚未能使力，但是現在你已經站得很穩了（可喜可賀）；手臂綁上滑輪板，也是劉先生幫你搖動手臂，才能左右擺動；兩手綁在有握把的手部轉輪上，也是要別人推才會動；至於套杯子，則是費力的抖個不停，需要協助才能套上去。雖然尚未達到自己操作的能力，但是看到你也能和他人一樣，參與教具的操作，我的心裡十分安慰。一步一腳印，有一種逐夢踏實的感覺。

　　至於你的物理治療課程，仍然最討厭，被綁在可九十度轉動的電動床上，現在你已可九十度直立，但總認為罰站十分鐘是酷刑。你不喜歡被綁著的感覺，且站久會累，我常在此時逗你開心，要你數數，用日文數、英文數、台語數、順著數、倒著數，會說日文的老先生也會和你一起數。

　　日前開始接受「行走訓練」，在平行桿內練習走路，平行桿有支持和保護的作用，前面的大鏡子對姿勢的矯正很有幫助；另外，你也練習騎固定式腳踏車（復健用，有多種形

式），你目前騎的是三輪車較為穩固，當你停下來休息，大家總會問你：「呂先生！你現在騎到哪裡了？」你就會隨便說個地名，病友和家屬會為你加油打氣，要你再努力。

　　我終於明白，你為何總是想念國泰，因為這是個充滿人情味的地方，不再只是冷漠、單調的醫院。

人間地獄

今天的天氣不錯，推你到外面曬太陽。國泰醫院有一側可以看見高速公路，看著往來不絕的車輛，你說等你病好了，就能開車帶我們出去玩。不會開車的我，當然好希望有那麼一天，我們一起幻想著，再來要買部什麼車？又在畫大餅了！你連路都還不會走呢！但是「有夢最美，希望相隨！」不是嗎？

最近隔壁病床轉來了一位老先生，是位退伍軍人，他有濃重的口音，較無法聽懂他說些什麼？他有位孝順的女兒，經常陪伴在側，有時我們會閒聊幾句，交換一下陪病心得，你很怕被忽略，會說「兩個女生聊天怪怪的」，笑翻一屋子人。老先生正在做一連串的檢查，要找出疼痛的原因，他平時是很能忍受疼痛的人，但疼痛難忍時就會用毛巾綁住自己的手，他的女兒總好言相勸，怕血液循環不良，「但我就是痛啊！」這是我唯一能分辨的話，老先生顯然受到好大的病痛折磨。

醫院就是這樣的地方，「人世間的地獄，就在醫院裡。」久住醫院，定能感受深刻。目前的病房位置是個天井形態，靠窗邊的位置，常能看見別的病房裡的舉動，當一個病房裡家屬齊聚一堂，醫師離開後，家屬開始啜泣，就表示一個人

將離開了！人世間的生離死別，每天在這個醫院裡上演。

　　老先生後來證實罹患骨癌，已經末期無法救治，之後轉送安寧療護。永遠不會忘記一位癌末病人，椎心刺骨的疼痛。「爸比啊！復健的疼痛只是一時的，希望你多忍耐，努力撐過來，你尚有一個可期待的預後人生呢！」

香煙的危害

　　鄰床的老先生離去後，轉入了一位二十多歲的小伙子，他因呼吸困難而送醫急救，幾經檢查是肺出了問題，醫師評估必須將肺部做部分切除。他的母親忍不住叨唸：「年紀輕輕，沒有想到煙癮竟然這麼大，再抽，命就要不保了！」

　　香煙的危害，其實你也深受其苦，雖已戒煙多年，但痰量一直偏多，這回生病需頻繁抽痰，除了感染造成痰多，多年的煙癮也是讓你病情雪上加霜的主因。你說過等你好起來，一定要勸告所有人，千萬別因好奇和無知，去嘗試這個百害無一益的蠢事，受過其害的人，就能深深體會，正想嘗試者，不可不慎啊！

報 警

　　隨著你的復健日漸進步，我終於有心情重整門面了！我到醫院地下室的美容院去染髮兼燙髮，留了一頭直髮多年，因為煩惱你的事，白髮日漸增多，連同事都說看起來很沒有精神，因而建議我將頭髮染黑，而我則做了變髮的準備。

　　以前我很在意自己的頭髮，年輕時常為了剪壞髮型而傷心難過，經過了這一連串的事，我的人生智慧在這段時間內，快速向前推進了好多，自己再也不是那個單純、軟弱、依賴心重的我，剪壞或燙壞頭髮又算得了什麼！剪掉了一樣會再長回來，「現在除非生命交關的事，都算不上什麼了！」這是我的另一番人生體悟，「存在，什麼都有，不存在，就什麼都沒有了！」人生其實沒什麼好計較的，「看得開」才是重要的。

　　我一向不愛上美容院，總覺得很浪費時間，燙髮對我來說更是酷刑，想到要坐那麼久，就先覺得累了。老闆娘似乎很了解我，她很會招呼人，談了很多有關你的事，時間竟然就不再那樣漫長了，事實上，花了不少時間才讓我改頭換面。

　　走進病房，原來想給你一個意外的驚喜，沒想到劉先生先開口了，他說：「劉小姐，呂先生以為你失蹤了，說要報警呢！」「哦！報警啊！那失蹤要超過二十四小時，才能報

警，下次要記得喔！」「你的手機為什麼都不通，害我以為你失蹤了！這麼久才來，你以前都沒有這樣呀！」自從你生病以來，我的手機從未關過機，就怕有事找不到我。今天則是因地下二樓收訊不良，才擺了一場烏龍。

　　你這樣依賴我，讓我不禁反思，是否太寵你了，萬一沒了我的日子，你又將如何？我成了不能倒下的巨人，但是「天有不測風雲，人有旦夕禍福」，誰又能預料明天？家有身障兒的父母心情，我一下全明白了，「我走了！你怎麼辦？」你已成了我最放心不下的小么兒了。

拉風的睡袍

你受傷的部位在右腦，原來四肢都不能活動，但是現在明顯右手能力優於左手，左腳能力又優於右腳，一般中風，基本上是同側肢體癱瘓，治療師曾說過，像你這樣交叉側較不良的情形較少見，應該是傷在腦幹附近三不管地帶所致，腦幹附近致死率極高，你能活下來，真的是命大。

曾經和治療師討論過，是否自行購置綁手帶和綁腳帶，平日只在復健課程時短暫使用，自行購置後，被動式復健就可使用，達到輔助的效果。你馬上提出抗議，在所有發展裡，你的語言進步最多，連塗醫師都說你：「真不愧是作家，用詞遣字都很文雅，像在寫文章一樣。」

這段時間以來，你的語言使用方式鬧了不少笑話，你像是從某個世紀，掉進我們這個世紀裡的人，誰會用寫文章的方式來說話呢？你經常讓人心頭一顫，「是這樣說嗎？」「也可以這樣說啦！」覺得怪怪的，但也合情理。例如你會向護士說：「我太太買給我的睡袍，很拉風哦！」「拉風？」護士小姐臉上三條線。我問你：「拉風是什麼意思？」你說：「拉風就是流行、時髦、引人注意的意思啊！」「好一件拉風的睡袍！」你對文字的註解精準，但用法怪異，穿這樣很帥，不說「帥」卻說「拉風」，好吧！就算是花俏的說

法吧！從此只要你罩上那件睡袍要出去透透氣，護士小姐就會問你：「呂先生，穿著拉風的睡袍要到哪裡去呀？」我的臉上也是三條線。

今天週日，復健課程暫停，但我們的被動式復健可沒有假期，當我和劉先生，為你綁上綁手帶和綁腳帶，再加上垂足板，你簡直成了變形金剛，兩側手腳輪流使用。平日最不愛受到束縛的你，害你失去自由，當然免不了抱怨。我也只能好言相勸：「忍耐短暫的不自由吧！你若能好到更好的程度，就能獲得更大的自由，否則終身依賴他人照料，有何自由可言呢？」

多希望有一天，你能達到終極目標：「生活自理，不需仰賴他人照料！」那時才有所謂生活品質可言，不是嗎？

失望的淚水

　　今天你又為了復健的事鬧彆扭，為了使你的手和腳能伸直一些，每回幫你上綁手帶和綁腳帶，總要聽你抱怨連連，斤斤計較要綁幾分鐘，初時我總是好言相勸，今天我再也忍不住的惱怒了起來，生氣的質問你：「做復健究竟是為了誰？這麼不配合，乾脆不要做好了！」說著說著，我的眼淚流了下來，這是我第一次在你的面前流淚，應該說是恨鐵不成鋼，失望的淚水。

　　這幾個月來的挫折、壓力、委屈、辛酸，一下子，全都排山倒海而來。我傷心的哭泣著：「你為我想過嗎？你為孩子想過嗎？你躺得越久，我們背負的越多，你非得拖垮全家才甘心嗎？」我越說越生氣，也越哭越傷心。你不斷對我說：「千瑤，對不起！你不要哭嘛！」這句話更惹惱了我，「對不起！對不起，你已經說過太多對不起了！對不起能有什麼用？你能還我原來的生活嗎？這不是我想要的人生，我有什麼錯，該過這樣的生活？」我的情緒頓時失去了控制，我說的太多了，決定離開現場，緩和一下失控的情緒，匆匆和劉先生道別後，便急著離去，再不走，不知又會說出什麼可怕的話。

　　我有些懊惱，不該對你這樣的一個病人，說這樣重的

話。只是我不願這樣的戲碼一再上演，只好給你當頭棒喝！有時你真像個嘗到甜頭就不願鬆手的任性小孩，因而有時我必須守住我的原則，當你討價還價的功夫越高明，將永無寧日！

▲ 復健病人需要努力持續復健，
　才能見到成效。

／ **祈盼人生是個圓**
　　　　一位深情妻子的*陪病日記*

頓失依靠

　　今天我的心情非常沮喪低落，因為你的守護天使——劉先生，向我提出聖誕節前，讓他返家過年的請求。劉先生是菲律賓華僑，妻小仍在菲律賓，他每年回去一至兩次探視家人，大多數時間留在台灣工作。

　　雖然我百般不捨，但於情於理，都沒有強留他的理由，事實上這段日子，我們共同面對了無數的波折，因他一路情義相挺，使我沒有後顧之憂。至於你，若不是劉先生如自己親人般的用心照料、守護，絕對沒有今天，他的責任心得罪了不少護理人員，讓自己處境艱難，這一點我相當清楚。近四個月來，他無私無我的付出，是該讓他休息喘口氣了。

　　劉先生有很豐富的人生閱歷，對我們而言亦師亦友，他經常提起家人和他曲折的人生，是一個相當有智慧的人。劉先生經常教導我，護理病人的方法和技巧，他總是說：「學會了，就不怕別人的刁難！」我真的很後悔，平常沒有太用功，總以為一直都會有劉先生在，由劉先生來指導外籍看護（已申請，因文件出狀況延誤，延遲到來。）再妥當不過了！如今劉先生將要離開，外籍看護則要等到一月初或中旬才能進得來，中間的空檔，真不知如何是好！

　　這是你清醒以來，我又一次在你的面前流淚，劉先生不

忍見，先走開了！我開始為我們的未來感到茫然不知所措！頓失依靠的感覺令我悲傷難忍，而你只會說：「千瑤，你不要哭！我會聽話了，我會好好做復健了！」我真希望如你一般，像個不解世事的孩子，再大的困難都有人為你頂著。

　　拭去淚水！一切就留待明天吧！明天總會有辦法的！

面對事實

　　經過一夜的心情沉澱，已逐漸能面對劉先生即將離去的事實。今天一早到醫院，我提議由我來操作如何幫你床上擦澡、更衣、清潔口腔、清理排泄物、鼻餵管灌食，還有怎樣上下輪椅，劉先生則在旁技術指導。

　　當我在調奶粉，準備灌食時，你比我還緊張，一副待宰羔羊的模樣，其實雖然我是生手，但在劉先生身旁觀摩這麼久，對於操作流程我是熟悉的，例如灌食前要先空針反抽，如果反抽時抽不出來東西或有真空感，即可餵食；要隨時注意反折管子，以防止空氣進入造成腹脹。灌食時，空針拿的高度會影響灌食速度，太快了要記得放低一些，減慢灌食速度，將床頭搖高採坐姿或半坐臥，確定鼻胃管刻度及確認鼻胃管位置，則是不可忽略的先置程序。

　　你大可放心，我尚有法寶：一本對於腦中風患者全方位照護的書籍，內容十分具體而詳盡，是一本很棒的照護指南。知識我是具備了，欠缺的是實做的熟練度，過程雖然有些慌亂，劉先生仍然十分稱讚我，給了我不少信心！

　　其實劉先生選擇在這個階段離開，是經過評估的。他告訴我，除了左手還要多努力外，大致上是沒有問題了，只要持續努力復健，走出醫院的時間，只是早晚的問題了。沒有

能夠看見你獨自行走（不需輔助），雖然有些遺憾，但來日方長，必定再有見面的機會！一切留待來日。

　　真的非常感謝劉先生，他是第一個看好呂理州能好過來的人，即便交在他手上時是支風中殘燭，他也用心守候著不讓燭火熄滅，「希望」則是一路支持我的最大力量。

餞 別

　　今天孩子們到醫院探視你，當他們知道劉先生即將離開，都非常捨不得。近四個月來，我們相處融洽，小兒子嘴巴甜，天天來院探視爸爸，甚得劉先生疼愛；而大兒子雖因課業繁重，只有假日才來院探視，但他敦厚篤實的個性也甚討劉先生歡心。劉先生常說：「你們有福氣，有對好兒子，要好好培植他們成材！」

　　今天晚上，在醫院旁的小飯館為劉先生踐別，但他堅持自己已經吃飽，僅接受回敬的飲料，他是一個連一塊錢都堅持找給我的人，我了解他的個性，因此除了致上最深的感謝，只有約定來日再見！爸比！只要你能早日復原，就是對劉先生最好的回報，為復健患者建立一個好榜樣吧！見證「辛勤耕耘，必定歡呼收成！」爸比！加油！

▲ 劉先生和理州於餞別時的合影。

心 願

聖誕節的腳步近了，牆上貼了越來越多的聖誕節卡片，每回有卡片寄來，你總要我大聲的念給你聽，朋友、親人的殷切祝福，是你的精神振奮劑。但有張卡片，令人感覺格外心酸，這張卡片上寫著：「親愛的爸比：今年的聖誕老公公還會來嗎？我好希望他會來喔！小漁敬上。」我半開玩笑的對你說：「今年的聖誕老公公躺在病床上，而聖誕老婆婆可沒有那樣的好心！」

我們家的小么兒，是家裡最愛搞笑的人物，一個小學生如何會再相信真有聖誕老公公？只有你和你的小么兒，對這個遊戲樂此不疲。每年的聖誕夜，總會有人將他的臭襪子掛出來（平日穿的襪子），那個不忍心孩子失望的聖誕老公公，就會在襪子裡放個亮閃閃的五十元硬幣，充當金幣，而那個嘗到甜頭的小毛頭，隔天就會假裝不知情的去檢視襪子，並露出欣喜的表情！

今年聖誕老公公正躺在醫院裡，一步也無法離開，更別提爬煙囪了！誰來幫忙演完這齣戲呢？我當然了解，孩子只是想激勵父親，快點好起來，再扮聖誕老公公！至於那枚金幣（五十元），其實已不是重點！

孩子們在你出事後，正如他們的阿姨們說的：「雖然兄

弟爭執難免惹人生氣，但家逢變故，一切都改變得太突然了，也真難為他們了，想想有時真令人心疼！」家庭脫離常軌，所幸孩子們尚未脫軌，你要趕快好起來，讓「家」恢復原來的樣子。

▲ 漁寫給爸爸的聖誕節卡片，有他小小
的心願。

聖誕老公公

今天是劉先生將要離開的日子，他的工作交由新的看護林先生接手，劉先生一直等到我下班到達醫院，才準備離開。他說工作內容都已交代清楚，謝謝我讓他離開，並交給我四份聖誕節卡片，叮嚀我等他走後再打開。我們大家寫給他的卡片和合拍的照片，他會珍藏並介紹給家人。劉先生和我們一一握手道別，你和我都留下了不捨的眼淚，「送君千里，終需一別」，他堅持不讓我送到樓下，後來由林先生幫他提部分行李，就此道別！

打開劉先生送給你的卡片，上頭寫著：「理州：祝福你，在未來的每一天……祝你早日康復！」送我的卡片則寫著：「千瑤：願上帝永遠保佑你！」

稍晚小兒子到來，我將卡片轉交給他，當他打開封套，是張聖誕襪造型的卡片，上面寫著：「漁：聖誕快樂、新年快樂！」其中夾了兩張千元大鈔！大兒子的卡片也是聖誕襪造型，上面寫著「樵：聖誕快樂、新年快樂！」其中也夾了兩張千元大鈔！劉先生就是一個這樣細心的人，我們不經意的玩笑話，他全放在心上。今年的聖誕老公公還會來嗎？他不只來了，還帶給我們無限的溫暖！

逆水行舟

　　換了新看護，這位林先生，年紀比你小一些，他稱呼你：「大哥！」從老遠就可以聽見：「大哥！再做幾下就好！」的懇求聲。以前你對劉先生還有幾分敬重，雖然不太想做，但還會勉強配合。換了林先生，你就奪回主控權了，比較痛的動作，就不肯配合做，好言相勸也沒有用。

　　我漸漸察覺出這樣的情況，而我當然不可能放任你這樣，我不能眼見四個月的努力化為烏有，復健如逆水行舟「不進則退」，因而只好親自督促，並明定每日的復健表，省得你老是討價還價！

　　訂定的內容，當然是在你可以達到的程度範圍內，其實這個模式操作多時，只是換了人，就想蒙混罷了！這類的病人就是這樣，明明是每天的作業，但是能少做，就絕不多做，像是多做會吃虧似的！唉！真傷腦筋！

模範生

　　今天陪你上復健課程，發現你又有顯著的進步，職能治療課程時，你的右手已不再需要幫忙，能自己操作自如，左手則還要再加油；看著你推木箱，來來回回已經很熟練；套杯子也套得不錯，右手已經可以疊到六、七個的高度，左手則需他人幫忙，才能勉強套上去；右手已能握住物品，進行串珠和投幣的操作；至於手部轉輪也可由右手帶動左手，不再需要他人輔助；右手在滑板車的部分進行的很順暢，左手則需要協助。

　　當我稱讚你的進步，戴老師也豎起大姆指說：「呂先生，很棒哦！他是本班的模範生呢！」「哦！模範生啊！那如果被動式復健，也能這樣任勞任怨就更好了！」「我現在復健做很多種，很累吧！被動式復健，可以少做一點！」你果然不是省油的燈，我和戴老師相視而笑，這裡的病人，都是這樣的！

　　至於物理治療，你除了被綁在電動床上，還增加丟擲沙包的活動，你的右手較有力量、丟得較遠，左手則連握住、鬆開手都有困難；在平衡桿內行走練習，已開始練習跨越障礙，你的背仍駝得厲害，只有經過提醒，才會勉強挺起身子。楊老師解釋道：「因為昏迷時間較長，躺在床上時間較

久，因而身軀僵硬，要使身軀較為柔軟，能夠側臥屈身，還需要一段時間。」每回用外力壓你背部，總會痛得哇哇大叫！

　　我了解你這段時間確實不好受，因而雖然有看護在，我仍然盡量抽空陪你。就如同孩子的成長，陪伴才能更了解孩子的發展，遇到挫折或瓶頸才能想辦法突破。而且聽說我在場時，你會表現得特別好，我樂於見到你的好表現！

遙遠的祝福

今夜是平安夜，對我們一家人來說，平安顯得格外重要！我們一家人在醫院裡團聚，白天的時候有小朋友來報佳音，也有牧師來作祈福禱告，醫院裡瀰漫著濃濃的耶誕氣氛。妹妹們也捎來遙遠的祝福，分別給我們四個人。

「姊夫：今年真是特別的一年，大家都受到了不少驚嚇，尤其是你，身體上承受了極大的挑戰，記得我在日記上寫著『現在最需要的是奇蹟！！』每回聽姊報告狀況，我們的心都揪在一起。多次北上看你，中秋節時去看你，見到其他病人坐著輪椅外出活動，心裡想著『姊夫哪天也能這樣啊！』距離很遠，掛念很深！明年七月，回來好嗎？搬到這個有陽光的城市，你的親人都在這裡，歡迎著你們一家！」

「姊：自姊夫意外發生至今已過四個月餘，這段期間真是難為妳了，最難熬的日子已過，但未來的路還很漫長，需要你勇於面對！你一路走來都堅強得超乎我們的想像，你已經太厲害了，所以請別給自己太大壓力！我們由衷希望你漸入佳境，越來越好！」

「樵：『國三生』真的好辛苦！想必你現在正在水深火熱之中吧！不過阿姨們相信，你一定可以應付自如，即使沒有父母的督促，你也能憑著自己的努力，考出好成績！這是

很關鍵的一年，只要過完這半年，你的苦日子就過完一半囉！最後半年，加油囉！」

「漁：你是家裡的鬼靈精，你聰明又能幹，爸爸受傷後，很多事都只能靠自己嘍！每天除了上學、練球，還需要天天跑醫院，爸爸喜歡你的撒嬌、按摩，媽媽需要你的體貼、擁抱，你有著天真的笑容和一顆易感、善良的心，這樣好的特質，一定要記得保留下來哦！」

親情的呼喚，永遠令人動容，因為這場意外，將我們姊妹四人的心，緊緊繫在一起，其實我並不孤立無援，也並非孤軍奮戰，我的背後一直有一股支持著我的堅實力量。這四個多月來，讓大家寢食難安，深怕再接到任何不好的消息。我年邁的父親，甚至問我要不要改名，他說為我取名時，只求名字好聽，沒為我算個好筆劃，我的人生波折，彷彿是他造成的。我的母親常為我的人生際遇傷心落淚，她心疼我們這一家人所遭受的苦難。

今年將盡，我期待來年，會是個平安順利的一年，「平安」對任何人來說，都是最大的幸福。

驚人之舉

才踏進病房的門，就聽聞你昨夜又有驚人之舉。林先生對我說：「昨天晚上，嚇死人了！」原來昨天夜裡，你曾試圖下床，發出奇怪的聲響，驚醒了林先生。你解釋只是想下床拿尿片，但是你一直都是使用尿套（是一條長條的塑膠套，讓夜裡不方便起床的男性使用），這個說法顯然不通。你又解釋，以為自己已經可以下床走路了，看見一包尿片，想下床拿看看。這奇怪的舉止，確實讓看護你的人神經緊繃，萬一跌倒，對於你這樣的病人相當不利！因此你的床頭多了一塊「小心跌倒」的牌子。

塗醫師來巡房時，我向她反應了這個現象，她表示曾有類似的報告，腿被鋸斷的病人，半睡半醒時，會以為自己的腿還在，試圖自己下床。她認為應只是一時的錯覺，多留意就好。

從此你晚上睡覺時，林先生會在你床邊圍起布條，防止你再有奇怪舉止。他向我反應過，因你的右眼瞼尚未能完全閉合，睡覺時右眼半睜著，一開始他以為你沒有完全睡熟，後來才知是顏面麻痺的問題，導致右眼瞼無法完全閉合。樣子雖然看起來怪異，但照會過眼科，顯示兩眼視力都是正常的，只要功能正常，有點小缺陷並無大礙。

今晚臨走前，再次叮嚀你：「好好睡覺！」基隆時的那一套戲碼，千萬別再搬到這裡上演，這裡沒有敵人，都是幫助你的人，不要再費精神，再去思考如何突圍（逃出醫院了），你應允我會「安分」。

今年是民國幾年

　　今天是今年的最後一個日子，當大家瘋跨年，我決定讓你也感受一下跨年氣氛。醫院旁有一家咖啡店，它的座位很特別，是秋千的座椅，坐在上面可以一邊用餐一面盪秋千。我們將你用布條綁在椅子上固定，避免你跌倒，這是我們第一次來，感覺很新鮮。

　　跨年的熱鬧氣氛，或許讓你很不解，像是沒度過跨年似的，你不斷的反覆問：「今天是什麼日子？」我回答你：「今天是今年最後一天，過了今晚就是明年了！以往我們在家裡吃過晚餐，會一起收看日本的紅白歌戰，你忘了嗎？」「喔！我想起來了！」但是不一會兒，你又會再問一遍，不知為何，你總是記不住？當小姐來點餐，我說你可以問問小姐？你開口問道：「小姐：今天是什麼日子？這麼熱鬧！」小姐回覆你：「是跨年夜啊！」「那今年是民國幾年啊？」小姐看了你一眼，一臉疑惑！她一定覺得這個人到底哪裡不對，為何分不清民國幾年？我微笑的向小姐解釋，你受了嚴重的腦傷，原本可能沒機會在這裡享用跨年晚餐的。老闆聽聞了你的事，很有人情味的招待四個果凍，說是要祝福你早日康復！

　　你雖然沒吃什麼（目前仍仰賴灌食），但是你說很喜歡

共享天倫之樂的感覺，你的語文能力進展快速，但是對於數字、時間和空間，真的敗給你了！民國95年復習了幾個月，仍未能記住，轉眼 96 年又將來臨，或許從 95 年過度到 96 年實在太抽象了，因而你無法記住今夜是「跨年夜」。

　　對於一個久住醫院的病患而言，每一天其實都是一樣的。二十四個小時亮著的日光燈，每隔幾個小時護士小姐來量體溫、脈搏、血壓，重覆的景物，重覆的人事交互更迭，這樣制式的生活，難怪你「心中無曆日，寒盡不知年！」唉！管他跨不跨年，重要的是：「當我們同在一起，其快樂無比！」

成　長

　　又是個陰雨綿綿的日子，探視過你後，在返家的路上，忽然發現我那只放證件的皮夾不見了，因為經常要給看護錢（三天給一次），因而分兩只皮夾存放，一只放錢，一只放證件。回到家一樣遍尋不著，也確定沒有遺忘在病房裡。這陣子詐騙集團猖獗，掉了證件可能會惹上大麻煩，妹建議我去備個案，往後若遭冒用，才有個憑據。

　　走進警察局，費了一番功夫，才完成備案手續，離開警局已十點多了，因天雨路滑，視線不佳，一腳踩空，扭傷了腳踝，我痛坐在地上，許久爬不起來，時間已晚，四下無人，有一股叫天天不應、叫地地不靈的感覺！竟然就坐在原地痛哭起來，我第一次感到孤立無援，有了搬到台中和妹妹們相互照應的想法。

　　確實扭傷腳了！回到家，發現已開始腫脹，用冰塊冰敷，簡單做了處理，只有等明天再想辦法了！今夜因腳踝疼痛，徹夜難眠，往事歷歷又在心頭翻攪，我至今未能完全走出傷痛，在人前侃侃而談，在人後暗自心傷。我早已清楚，編織的美夢永無實現的可能，人、事、時、地、物的重演已成奢求，我的命運已註定無法回頭，諸多遺憾，頓時湧上心頭！

聽過很多看護說，很多太太在這樣的情況下，離家出走，選擇逃避，因為這副擔子實在不輕。很多人稱讚我很堅強，欽佩我能撐過這一切，其實我沒有什麼特別，一旦事情發生了，就是去面對和承擔而已。記得曹又方女士曾說：「所謂成長，就是去接受任何在生命中發生的狀況，即使是不幸的、不好的，也要去面對它、解決它，使傷害減至最低。」因為這一場苦難，使我有機會成長。

第一次爽約

　　今天請了半天假，治療腳傷及重辦證件，健保卡需至台北市公園路辦理，腳傷不算嚴重，但十分疼痛，只好拄著雨傘，支撐疼痛的右腳，舉步艱難的趕赴各個機關辦理，希望能在半天裡，辦齊所有證件。

　　回到家，腳痛實在難忍，決定今天向你告個假，不到醫院去了！這是我第一次爽約，你表示可以體諒，要我好好休息，但是明日請早，你要看看我的痛腳才放心！你這樣關心我，心裡真的蠻安慰的，「雖然人生不如意十常八九」，有人互相扶持的人生，定會更加美好！

求 饒

今天是你大姑娘上花轎「頭一遭」，上跑步機練習走路。你的手因無力握緊把手而纏上彈性繃帶，速度調得很慢，但要跟上跑步機的節奏，不能再像在平行桿內行走，要停頓多久全憑個人決定。你的步伐移動幅度小，要跟上節奏十分困難，楊老師耐心的操作跑步機，走走停停，才一會兒功夫，你已累得氣喘如牛，直呼「饒了我吧！下次不敢了！」像是受到什麼處罰似的。楊老師很滿意你的表現，這個小嘗試讓他確認，你已經可以開始跑步機上的練習了。你一聽說以後要增加這個項目，露出一臉恐懼說：「早知道復健這麼辛苦，當初你們就不要救我，讓我死算了！」楊老師拍拍你的肩膀：「呂先生！你不會這樣輕易就被打敗的，我對你有信心！今天第一次比較不習慣，覺得很困難，漸漸適應就好了，沒這麼難啦！別想太多！」

其實我完全能體會你的感覺，你曾說復健的疼痛感，就像是沒有彈性的筋骨硬是被拉扯的感覺，所以會痛得忍不住叫出來。自從傷了腳，我體會了「忍受疼痛」的感覺，傷了腳卻仍然需做很多事，體會了「勉力而為」的感覺！但是我真的很高興，你又向前邁進了一步，用雙腳自由行走的日子指日可待！「爸比，加油！」

為了犒賞你的辛勞，做完復健，我帶你到醫院內設置的庭園咖啡，去共同分享一小塊蛋糕，讓你覺得，這個人生還是有值得眷戀的地方！酷愛甜食的你，這還真是個忘憂解悶的好地方呢！這是我的海豚理論，任何動物都需要一點誘因和動機，人也不例外。

失去的空間概念

今天到職能治療室探視你時，發現你正聚精會神的在排魔術金字塔，看見這樣熟悉的教具，我告訴戴老師，這套教具在孩子小時候，曾買給孩子們玩過，今天看見你操作，覺得十分有趣，彷彿時光倒流。但觀察了一會兒，終於知道，為什麼你要接受這樣的訓練，你的空間概念顯然大有問題，才三個組合式積木（圓形類似串珠，但形狀、顏色不同）要你填滿剩餘的位置，你總要思考半天，且換來換去，重覆的位置放了很多次也沒有自覺，有時只差一點點，兩個已經擺對了，剩下一個只要倒過來就吻合了！但是你總是看不出來，就會將三串積木拿起，重新再組合，在旁的林先生心急的想提醒你，「一副皇上不急，急死太監」的樣子，讓人看了莞爾！

你以前是個圍棋高手，贏多輸少，兩個孩子在你的指導下，棋也下得不錯，你們父子三人經常對弈，而你今日的表現，的確令我驚訝！還以為你只是記不住日期而已，沒想到連空間概念也蕩然無存，戴老師安慰我：「沒關係，能力雖然變差，但可以重新架構，只要多練習，仍然會進步！」

晚上探視時，為你帶來了磁鐵盤圍棋，由小兒子陪你下棋，他讓你九子，而你每下一子都要思考非常久，他就在旁

搞笑，假裝等得快睡著了，結果沒下幾子，你就被他中押敗了（圍棋術語，很快就潰不成軍之意），你也覺得不可思議，怎麼退步這樣多！你只下了一盤就累了，要將床搖平休息。今天能讓你坐這麼久，也非常不容易了，孩子說，以後要每天陪你下棋，直到你打敗他為止。「爸比！加油！」

▲ 在理州生病以前，他常常指導孩子下圍棋，
　父子三人經常對弈。

復健教室

　　復健教室是一個非常特別的地方，病人都是長期患者，復健的目的是利用各種治療與訓練，幫助病人儘量發揮剩餘的功能，重新過正常的生活。復健病人行行色色，有些由家屬陪同，有些由看護陪同，有些則由外籍看護陪同。長期的行動不便，難免情緒較不穩定，有些人常口出惡言，甚至三字經不離口；也有的人一時不高興，便揮動器具打人；另外也有哭泣、耍賴不配合復健的，當然也有一部份是溫和理性且任勞任怨，完全配合老師指導的，很慶幸你是屬於後者。

　　有位復健同學，比你晚一些入院，是車禍造成腦傷，患部在左腦，他是失語症患者，什麼事都清楚明白，但無法用言語表達，因而情緒格外不穩，會用器具攻擊他人。他有一側其實是健側並沒有受到損傷，但他對於復健極不配合，健側還會搗蛋，造成看護他的人極大困擾。他的消極抵抗，使得進步有限，甚至是原地打轉，每回他的太太見了我，總是忍不住對我說：「看到你先生進步這麼多，真是令人羨慕啊！」你和她的先生，年紀相差不多，但因復健態度不同，成效也就不同。只要肯努力而且有「想要好起來」的積極動機，通常較有復原機會，往往也能得到更多的協助，「自助而後人助」，如果連自己都放棄了自己，那就真是誰也幫不

了了！

　　復健治療師真是一份令人感佩的工作，每日都需面對這群情緒不甚穩定的病人，沒有超人的智慧和耐心，是無法勝任的，沒有置身其中的人，實在難以真正體會，對於他們的辛勞付出，我由衷感謝！欽佩！

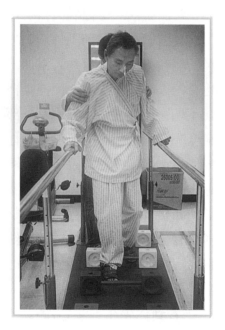

▲ 理州正在接受行走訓練，學習
　如何跨越障礙物。

生力軍

　　為你申請的印尼籍看護工「卡亞」，終於抵達了。她昨天抵達台灣，因無法適應台北的溼冷環境，患了重感冒，因而她抵達的第一件事，是帶她看醫生。

　　卡亞幾年前來過台灣，工作過兩年返回印尼結婚生子，已是第二度來台，因而在語言溝通上，大致沒有問題，她有一百七十公分高，以印尼人的身高，算是較少見的。當初申請時，你尚未清醒，因而希望有位高大強壯的人，來協助瘦弱的我，很幸運的果然如願。有了卡亞這位生力軍，相信會是我很大的助力。因為她正罹患感冒，今天先讓她休息補元氣，明天再到醫院去見你。

零件重組

　　今天帶著卡亞去見你，我請卡亞呼稱我們「哥哥」「姊姊」，她三十初頭，人很和氣，常帶著笑容。我和林先生商量好，請他指導卡亞兩天再離開，這個過渡期，幸虧有林先生的協助，真的很感謝他。

　　為了方便往後的照顧，第一次讓你進浴室，坐在洗澡椅上為你沖澡，這是你入院一百五十天以來，第一次真正的洗澡。卡亞身材夠高大，攙扶你沒有問題，就算抱起你，應該也沒有問題，真是感謝老天爺讓我等到這樣的幫手。接著要訓練你的，是坐在便盆椅上如廁，至少每天早上讓你坐一會兒，因為你有失禁的問題，因此很依賴尿片，沒有包著就沒有安全感。

　　卡亞因感冒戴著口罩，我們也很擔心傳染給你，但她是往後主要的照顧者，且她上回來台灣，並非從事看護工作，因而仍需花時間教導，只好讓她開始參與照料工作。

　　你的嘴巴甜，連林先生也甘拜下風，他說有時你懇求他手下留情，常令人心生不忍，但復健仍要繼續，只好練就一身充耳不聞的功夫，否則真難以進行。面對一個常說好話、拍馬屁的人，如何下得了手？我們只好不斷提醒卡亞，千萬別中你的計謀，卡亞說她會假裝聽不懂。

自從你清醒後，脾氣變得格外好，為人十分善良和氣，一點都不像往日頗有個性的你，彷彿是個改造過的人，那空白的四十二天，難道是在零件重組嗎？上天還給我一個完全不同的你！

復健高手

　　卡亞的學習能力相當不錯，兩天的練習，很快就上手，我也鬆了一口氣。林先生說只要他來到汐止國泰從事看護工作，就會再來看你，一切似乎順利的難以置信。

　　但是好景不長，晚上卡亞幫你做復健時，你就「唉喲喂呀！」叫個不停，幾乎嚇壞了卡亞，令我忍不住，只好親自上陣，當我幫你復健時，你較不敢造次，但換成卡亞，你又欺負人了，明明是同樣的操作方式，卻叫得格外大聲，最後連隔壁房的看護廖先生，也忍不住過來瞧一瞧！平日同在復健教室，只是點頭之交，並沒有太多接觸，因而廖先生走進病房，我有幾分意外。

　　廖先生十分幽默風趣，走近病床邊，他說：「呂先生，你那溫暖的小手，可以借我握一下嗎？」我們很好奇，他的葫蘆裡賣什麼藥？他開始復健起你的手，還問你這樣不痛對不對？接著他又借了你另外一隻手，他一面講笑話，一面說明復健的目地和原理，讓你在不知不覺中，已完成兩隻手的復健，原來他可是個復健高手呢！廖先生和你約定明日再續，他說只要還在這個醫院，就會抽空來看你，並指導卡亞如何幫你做復健！

　　你的命中多貴人，我真是徹底相信了，我們素昧平生，

但他從戴老師口中知道你好不容易才有今天，今日主動前來
幫你，若非貴人相助，又該如何解釋呢？

▲ 理州生病前是個愛搞笑的人物，他擁有獨特
的呂氏幽默。

鐘樓怪人

　　昨日休業式，今天開始放寒假了！做完復健，我決定帶你到地下二樓的美容院去整理門面，那兒也有男子理容部，我和老闆娘早已熟識，有關你的事，她們（包含美髮師）都已耳熟能詳了，今天初次見你，看你狀況良好，大家都很開心。

　　理完髮，推你回病房的途中，你突然對我說：「看見了額頭上的疤痕（缺了一小塊頭骨，因而較不平整），才相信我的頭上真的開過刀。」你曾表示自己醒來時，不明白因何躺在醫院裡？雖然聽我們說過，你做過開顱手術，但那彷彿不是你的事，因為沒有一點印象。你又說：「原來我這一跌，把自己跌成了眼睛一大一小，肩膀一高一低的鐘樓怪人！」你說話的語氣很平靜，但生病前對自己外表一向有幾分自信的你，想必不好受吧！「以前我從來沒有仔細看過鏡子，今天坐在鏡子前端詳良久，才發現自己變成這副模樣！」你的語氣感覺不出情緒。「鐘樓怪人有一顆善良的心啊！其實一點也不醜！」我發現這些安慰的話，竟像是越描越黑，急著轉移話題。但你卻說：「我只是感覺驚訝！自己為什麼變成這樣，一點點難以適應，不算什麼！」你的釋懷令我放心不少。

記得有一句名言：「斷了一根弦，就要以剩下的三根弦來繼續演奏，這便是人生。」我很欣慰你面對現實的豁達，在這一場生命拔河裡，你不僅贏得了生命，還獲得了智慧。

▲ 理州自嘲是鐘樓怪人，因為他的臉部右側
　 顏面神經麻痺，因此造成眼歪嘴斜。

好消息

　　今天塗醫師向我提起辦理出院的事，她表示案子已在她那兒壓很久了。這段日子我們都是以健保轉自費，自費再轉健保的方式，來來回回，因而沒有在醫院間轉來轉去，這一切都要感謝塗醫師，讓你不必在醫院與醫院間流浪，才能使治療銜接連貫，復健得以進展順利。

　　塗醫師是位視病如親的好醫師，除了精準的醫療專業判斷，對人相當親切而有耐心，當她了解我孤立無援，隻身面對這一場硬仗時，她頗為體諒我在家庭、工作、醫院分身乏術的窘境，為我們省去了醫院間的奔波之苦，這一份恩情，永遠銘記在心，永生不忘！

　　聽到你可以出院的消息，心裡一則喜一則憂，喜的是你終於要出院了！憂的是你這樣的一個病人回到家，我們是否能妥善的照顧？但無論如何，這都是個好消息，能夠回家，是你盼望好久的事了。當我將這個消息告訴你時，你的雀躍，就像聽聞要去遠足的天真小孩！一再追問是什麼時候。我只能一再安撫你，等我借到了病床（新北市輔具資源中心可借到二手病床，用畢可再歸還），一切安頓妥當了，就接你回家。

　　很快就連絡好「床」的事，他們每週二、週五兩日送床到府，等排定確切時間，就會聯絡我們。事情非常的順利，這一切不是在做夢吧！我們將扶著你「走」出醫院了！

拜訪病房

　　開始為出院做準備了，預計為你購置輪椅和便盆洗澡兩用椅（除了上廁所，洗澡也能使用，活動的扶把可讓你躺著洗頭），輔具的部分可以向政府單位申請補助。

　　醫療器材行的老闆，因光顧半年早已熟識，他聽我提過你的事，幫我送用品時，見過昏迷中的你，今天帶你來選購輪椅，令他驚訝的說不出話來，「是同一個人嗎？」他幾乎無法置信！

　　推著新購置的輪椅，我決定帶著你，到你所住過的樓層去拜訪，你還真是「步步高升呢！」從五樓的加護病房開始拜訪，正好是探病時間，當我推著你走進加護病房，熟悉的護士小姐立刻圍了過來。

　　「是呂理州吔！」

　　「呂理州！你好厲害喲！」

　　「呂理州！看到你現在這樣真好吔！」

　　「呂理州，你以前住在這兒的時候，好嚴重喔！能恢復到這樣，真令人開心！」

　　護士小姐你一言、我一語，熱烈的討論著你，我們表明來意：「因為即將出院了，特地前來謝謝大家，那段日子，承蒙各位的照顧，真的非常感謝！」當你向大家道完謝，我

們在讚嘆聲中，離開了加護病房。

　　接著電梯來到了七樓，這是外科病房，這段日子，你尚昏迷不醒，我們遇見了非常關心你的護理長，當你轉到復健科之後，她曾多次來看你，並給了我們一些醫療上的建議，在牆上貼些放大照片就是她的建議，真的非常感謝她！七樓的一端設有佛堂和祈禱室，曾經那是我心靈仰望之所，感謝眾神庇佑，你才有今天！最後回到你住了最久的八樓病房，住院半年來，曾經幫助過我們的每一雙手，我都心存感激，相信你也一樣。

彷如隔世

　　期盼中的日子終於來臨了，就在昨天，申請的病床送達家中，今天便著手幫你辦理出院手續。以後只要定期來院復健就可以了，我們計劃半年之後，搬到台中居住，孩子們恰好換年段，一個要上高中，一個要上國中，沒有轉學銜接的問題。至於你的復健療程，第一個黃金半年轉眼已過，另一個黃金半年得加把勁才行，因而安排了一週五次（週一至週五）的密集復健課程，希望能以最好的狀況到台中。

　　就在我和卡亞的攙扶下，你終於踏出了醫院，搭上返家的計程車，望著熟悉的街道，你說：「一切彷如隔世，回家的感覺真好！」

欣喜的眼淚

聽到你出院返家的消息，鄰居們紛紛前來探視，這段時間的你，相當多愁善感，容易落淚。當鄰居呼喚你：「呂先生！」緊握雙手的那一刻，再也忍不住奪眶的淚水，這是欣喜的眼淚，你讓大家擔憂了！當時大家看著你被送上救護車，面對生死未卜的明天，你真的嚇壞了大家。

隔壁鄰居洪先生夫婦，在第一時間裡，給了我們極大的幫助，出事當天若不是他們尋求更多人的協助，讓你更迅速抵達醫院，或許你就錯失搶救的機會。對面鄰居黃媽媽，每週不間斷地到醫院為你做祈福禱告，她在家中也每天為你禱告：「願上帝賜予理州健康的身體！請上帝帶領理州遠離病痛！」大恩不言謝，這又豈是「謝」字能夠表達的。

十五年的鄰居情誼，彌足珍貴，想到半年後即將分離，心裡萬分難捨，決定搬到台中，心中其實相當掙扎，「千金難買好鄰居啊！」

觸景傷情

　　返家才幾天，還在適應中，平時半夜一至兩點，護士小姐會進病房幫你量血壓、脈膊、體溫，可能你已習慣被吵醒，每天只要這個時候，你便會自動醒來。睡不著的你，會說一些奇怪的話，和你同睡一間房的我，只好陪你聊天。

　　你會哭泣，哭自己為什麼變成這樣？哭你的母親為什麼死了（你似乎忘了她已過世四年！），哭你的親人不關心你（其實你的姊姊常來電關心，只是路途遙遠，不能經常見面），每回哭泣，都要哭上許久，怎麼安慰你都沒有用，這些都是在醫院時，不曾有過的情況，回到家，難道特別讓你觸景傷情？我只好悄悄的把婆婆的遺照收起來，省得你一想起來，又哭個不停，你的情緒表現，令我十分困擾。

情緒失禁

　　今天陪你赴醫院復健，和塗醫師談起你近日不太穩定的情緒，醫師說這是腦傷的後遺症，是屬於情緒失禁，就像尿失禁一樣，無法自行控制，可能只是一段時間，但也可能終生如此。

　　了解你的狀況後，凡事也只能多包容，所幸你並不常生氣，否則照顧你的人，可就累了！希望只是一段時間如此，會隨著你的康復，逐漸好轉。

　　我想起了復健教室，三字經不離口的患者，明明沒有人惹他，卻不斷罵人。甚至有口齒不清的老先生，什麼話都說不清楚，只有三字經最清楚，對於他口出穢言，當初十分不能理解，如今我明白了！

台灣首富

　　農曆年的腳步近了，明天就是除夕夜了，往年這個時候，我們已返回南部過年，今年因你行動不便，只能留在台北過年了。妹妹們很心疼你近來常哭泣，或許受年節氣氛影響（每逢佳節倍思親吧！），他們決定一起北上和我們圍聚！時間定在年初一，他們訂了飯店，我們將在飯店裡渡過一個不一樣的新年！

　　有些朋友要返鄉過節前，特地先來探視我們；有些朋友準備了美食，和我們提前圍爐歡度。今年的新年因為這群關心我們的朋友，而顯得格外不同，我們的人生富足而美滿，擁有這樣多無價的友情，我們才是台灣首富！

滿滿的祝福

在孩子們殷殷期盼中，他們的姨丈、阿姨、表弟、表妹們，前來接我們同赴飯店，進了飯店大廳，坐在輪椅上裝著鼻胃管的你，格外引人側目。這時候的你，體力仍不佳，大多時間臥床休息，為了不掃孩子們的興，你全力配合演出，真是難為你了。

大家給你大大的擁抱，像是歷劫歸來的英雄，每個人都給了你滿滿的祝福，並為你加足油打足氣，希望在新的一年裡否極泰來，身體更健康，復健更順利！你在卡亞的照顧下，早早入睡，而我們一大夥人則聚在另一個房間裡，享受團聚的美好時光。我更在冰酒的作用下，一會兒哭、一會兒笑，這半年來，是我生命中，最難以忘懷的日子，是我這輩子流過最多眼淚的一段日子，但一切都覺得十分值得，做了人生最大的豪賭（不氣切），而且我還賭贏了！人生夫復何求，幾人能有我的幸運？

聊著聊著，甜蜜順口的冰酒，竟也後勁十足，幾杯下肚，滿臉通紅，微醺的我，模樣一定十分可笑。好姊妹難得相聚，聊不完的話題，道不盡的辛酸。「回來好嗎？讓我們和你一起承擔、苦樂同享！」為了這句話，哭花了我的臉。若說夫妻是「十年修來同船渡，百年修得共枕眠」，那好姊

妹又是幾輩子修來的好福氣呢？而三個好妹婿，又是幾輩子修來的好姻緣？我何其有幸，有這樣愛我且支持我的親人，人生的幸福，莫此為過啊！

▲ 家人就是能緊握雙手，度過一生的人。

好日子過完了

　　歡樂的團聚總有結束的時候，我們在飯店裡留下幀幀留待日後回憶的照片。分離時，大家離情依依，你竟然脫口而出：「好日子過完了！」是啊！好日子真是過完了，昨天出門迄今，你暫停的被動式復健，回到家又得開始了。休息是為了走更遠的路，而你的復健是為了讓你過更美好的人生。

　　快樂的時光，總是格外短暫，而痛苦的日子，總顯得漫長，我知道你並不喜歡被動式復健，沒有人喜歡疼痛的感覺，但雷諾瓦曾說：「痛苦會過去，美會留下！」一切會是值得的，「爸比！加油！」

像一個孩子

　　農曆春節轉眼結束，學校今日開學了。照顧的工作完全交由卡亞來執行，你近來很固執也很拗，想做什麼就一定要做，卡亞很苦惱，我也很傷腦筋！

　　你像一個孩子，想要什麼就一定要吵到有，才肯罷休！過年期間電視突然壞了，本想找人過完年後來修一修，但你無時無刻不在吵，「沒有電視好無聊，買一個新的就好了嘛！」像跳針的唱盤一再重覆，為了不讓你永無寧日的吵下去，只好為你買一台新電視。這個階段的你，對於忍耐和等待這兩件事，特別無法忍受。

　　而你的短期記憶十分不好，說過的事，馬上忘，做過的事，一問再問，令人好生困擾！

抬槓

今天是和平紀念日放假一天！我仔細的觀察了你和卡亞的互動，尤其是做被動式復健的時候，經常聽見卡亞說：「哥哥，再做一下就好！」你那討價還價的老毛病又犯了。私下問卡亞，她表示有些比較痛的動作你會不想做，強迫你做會生氣，看來這樣下去不是辦法！

我撥了通電話，請教了表嫂。表嫂的媽媽也曾因腦瘤，開刀之後陷入昏迷，目前清醒，也由外傭看護復健中。從你出事至今，表嫂給了我很多寶貴的意見，同為患者家屬，感受格外深，她的意見往往能幫我很多忙。對於一些可能發生的狀況，也都十分詳實的告訴我，讓這一路有個依循的方向，才不致跌跌撞撞，捉襟見肘。

這一類的病人，軟硬都不吃的比比皆是，這是在協助的過程中，遭遇的最大困難，因而家屬所扮演的角色，就格外重要。

你還年輕，才五十歲而已，人生才剛過半，誰都不希望你就這樣過一生。你經常和我抬槓：

「為什麼你們不用做復健，我就要做復健？」

「為什麼你不用上班，我就要上班？」

「我是病人啊！」

「病人要趕快好起來呀！這個家可不是我一個人的，我快撐不住了，快垮下來了！你還不趕快好起來幫我頂起來。」

　　「我的手腳都不好用，你請卡亞來幫忙！」儘管答案令人啼笑皆非，但我經常提醒你，身為人父及一家之主的責任，你是相當有責任心的人，我相信「責任感」可以驅使你努力復健，不向命運低頭，這只是一個有待克服的關頭，我們一起努力！加油！

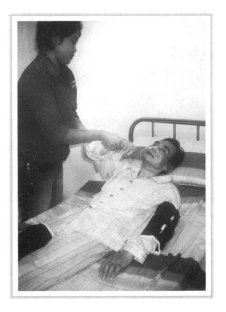

▲ 卡亞一日三次的為理州做被
　　動式復健。

揮不去的惡夢

　　今天晚上不知何故，突然腹痛難忍，原本以為只要吃點腸胃藥就會沒事了！沒想到越晚越不舒服，直到晚上十點多，再也難忍疼痛，決定到醫院掛急診。在等候的時間裡，急診室來回的救護車鳴笛聲，再再勾起了往日的回憶。我至今對救護車的鳴笛聲仍十分恐懼，一種又有人遭遇不幸的不安感不斷襲來，頓時急診室的冷氣，冷的令人渾身不舒服，煩人的思緒，就像停不下來的陀螺般轉個不停。

　　半年多了，沒有片刻揮去那場惡夢，經常想著想著就落下淚來，只是沒想到，再次坐在急診室等候的長椅上，那份恐懼和不安，竟比腸胃的疼痛還令人難受！

　　經醫生診斷為急性腸胃炎，但也不排除是機能性障礙（不是器官出問題，而是壓力造成的身心症狀），經過注射及觀察處理，凌晨許才返家休息。我知道該找身心科醫師談一談了，必要時也考慮接受心理治療，憂鬱症、焦慮症，可能只是表淺的因素，壓力後創傷症候群，恐怕才是問題徵結。決定買本書來研究一番，書籍往往是最好的老師，它會很有耐心的為我們解開很多困惑，至少可理出一個可循的方向。問題決不會因忽視而不存在，有果必有因，唯有正視自己的問題（所謂的病識感），才能對症下藥，獲得真正的療癒機會，解鈴仍得繫鈴人啊！

貼心的服務

你出事至今，恰好滿兩百天，我為你提出輔具的津貼申請（購買輔具後三個月內必須提出申請，逾期無效），今天有位先生來家中檢視並測量輔具的形式及規格，作為輔具補助的參考。（補助有一定金額限制，輪椅四千五百元，洗澡椅一千五百元。）

這位先生非常熱心，除了填寫表格，也為你的能力作了一些測試，並指導卡亞可以加強哪些動作，他具有復健方面豐富的知識及實作經驗，一再叮嚀你，要好起來，一定要勤加復健，不能只躺在床上看電視，一動也不動。正看著電視的你，回應他：「噢！」他忍不住提醒你：「不能只是『噢！』，身體是自己的，要更積極主動才行！電視要看，復健也要做哦！」這位先生向我說明，輪椅使用方式及注意事項，要怎樣正確使用輪椅才能確保安全。

送走了這位先生，心裡滿是感激，原以為訪視只是例行公事，沒想到竟是這樣貼心的服務。

生命教育

　　今天驚聞班上的一位女學生，有輕生的念頭。來自單親家庭的她，較為早熟，總是覺得在家庭中缺少關愛。哥姊年齡較大，媽媽生下她不久後即離開家，由祖父母帶大，學齡後才回到爸爸身邊，因而和爸爸及兄姊相處有些距離，常感到孤獨。

　　高年級的小女生，有她們各自的小圈圈，對外人防衛心相當強，她們的心裡話，向來不輕易向人訴說。任教多年，對孩子的心理世界，了解容易，進入卻很困難。這個圈圈裡的一位成員，對於好友的輕生念頭，內心十分不安，悄悄地向我透露了一些訊息，因而決定以自己親身經驗，為他們上一堂生命教育課程。

　　我在課堂上巧妙帶到我的這段經歷，學生們知道我有一位生病中的丈夫，但不知道細節。上學期，幾度轉院，皆要家屬陪同，因而請了幾次假，倘若時間較短就以調課因應，我會事先告知學生們，是因丈夫生病的緣故。事發半年間，我仍無法在人前提起這段傷心的往事，經常是未語淚先流，尤其不想在學生面前落淚，總是輕輕帶過。

　　不料學期方才開始不久，面臨需要協助的孩子，就也顧不得自己，是否會在學生面前失態了。生命教育，絕對不只

是一位女學生的事，它是每一個人都需要面臨的課題。學生一向對老師的家庭瑣事最感興趣了，當我提起這段經歷，頓時鴉雀無聲，那些愛做自己瑣事的孩子，也抬頭望著我。

當我述說著這半年來的際遇，仍然多次忍不住拭去難忍的淚水，一個意外，沒有人希望發生的意外，傷者和家屬共同承受了多少苦痛！一個人不該由自己來決定生死，對於愛你及關心你的人，是一件多麼殘忍的事！請多想想那些不願失去你的人吧！再困難的處境，也會有新的出口，只要你願意，讓大家扶持你走過來！況且輕生容易，復生難啊！當你回不到原來的自己，將會留下多麼大的遺憾！

復健教室裡有一位年輕患者，非常喜歡開快車，每回面對媽媽的叮嚀，他總是說：「別擔心！我的技術很好，若有個萬一，我會自行了斷！」這些話，曾傷透母親的心。那個令人擔心的萬一，果然發生了。目前的他，住院逾一年，復健時，需要媽媽和姊姊互助合作，才能幫助他從輪椅上起身，說著含糊不清的話語，過著需要他人協助，才能維持生命的人生。人生中有許多事情，後悔了可以重來，只有生命，不容許有一絲後悔。

人生中有兩件事是無法選擇的，出生在什麼樣的家庭，還有以何種自然方式結束生命。我們無法決定自己的出身，但可以決定長大以後，要過什麼樣的人生，一個人的人生，既使拿到一副好牌，也不代表一輩子勝利。因為人生中存在

著無數新的可能，只要不退場，就永遠有機會！

　　下課鐘聲響起，我上了一堂永生難忘的生命教育課程，看著台下孩子們若有所思的模樣，是在疑惑人生？或者疑惑我的動機？這堂課，獲得了我最想要的回應。下班前，一張小紙條放在我的抽屜裡，上面工整的字跡寫著：「老師，您說的話，我聽懂了，謝謝您！」

　　回到家，將這件事與你分享，你稱讚我：「當你的學生，真有福氣耶！」謝謝你的讚美，助人是一件何其快樂的事呀！

▲ 千瑤和學生們在汐止國小校園裡的合
　影，因為即將來到的分別，讓大家離
　情依依。

祈盼人生是個圓
　　　　　一位深情妻子的陪病日記

又被處罰了

　　日子過得相當規律而充實，平日週一至週五，早、晚兩次被動式復健，還有醫院的復健課程，假日則是一日三次被動式復健，從不間斷。我的角色就是陪伴與堅持，當你向卡亞耍賴，我就親自幫你做復健，你當然不喜歡我親自出馬，因為我比卡亞更嚴格堅持，聰明如你，當然知道該如何選擇！

　　今天我到院探訪你的復健進度，你說有兩個項目覺得很辛苦，很不喜歡，原來是職能治療的舉棍和物理治療的手拉環。見你躺臥著，左手纏著伸縮繃帶（右手因可自行握住而不需要），雙手高高舉著棍子，這是你的新課程，平日看別人舉，今天終於輪到你，「我又被處罰了！」只要是靜止不動的課程，就會說是被處罰，令戴老師哭笑不得。

　　至於物理治療的手拉環部分，你形容它是「酷刑」，看起來確實有幾分像刑具，冰冷的鐵架、鐵鍊環，每回拉動，都見你氣喘吁吁，舌頭伸長猛喘氣！像是拖了一牛車的貨一般，楊老師知道你很不喜歡，每回都會和你討價還價一番。「好啦！就十次！手要直一點喔！」經過楊老師的許可，你露出愉悅的笑容。雖然只有十下，完成之後，卻也已筋疲力竭，需要休息好一陣子，才能準備回家．

機器人

　　返家轉眼兩個多月了，日子在平順間流逝，現在的你，已經很少哭泣了，取而代之的是笑個不停。你的右臉有麻痺的情形，因而笑起來會出現「左側有皺紋，右側則平坦的情況」；右側眼睛晚上睡覺時，已經可以閉合了，但有眼皮下垂的情形。在陽光下，有時右眼瞇成一條線，只剩左眼張著，頗令我擔心你的視線問題。你在家中已經可以不需攙扶，短距離走動，走路像機器人，兩腳小步移動，雖然只是這樣，我們已經很欣慰了！你就像一個成長中的小娃兒，每一個進步都令人驚喜。

　　對於習慣以輪椅代步，坐在輪椅上活動的你，我們希望能漸漸幫你擺脫對輪椅的依賴，用進廢退，越是使用，才能越好用。你非常害怕跌倒，因而無人攙扶會沒有安全感，但我和卡亞都有默契，在屋內行走的時候，只抓住你的衣服，防止跌倒，儘量不去攙扶。我請教過治療師，萬一你跌倒，該怎麼起身，因為你的壞手、壞腳（側癱的那一側能力弱）不同側。當然是避免跌倒，但萬一跌倒，以你目前狀況，是爬不起來的，或許是這個原因，你非常害怕跌倒，腳步移動非常謹慎，「一朝被蛇咬，十年怕草繩」，希望這樣的恐懼，不要阻礙了你的發展才好。

魂飛魄散

平日卡亞主要工作是照顧你，因而我的摩托車很少有機會搭載卡亞。今天的遭遇，真是嚇得我們倆魂飛魄散！我們居住的山莊，從家裡出發到山腳下，有些路段較為傾斜。平日搭載孩子尚不覺得，但是今日搭載人高馬大，又有些份量的卡亞，重力加速度，煞車似乎失去了功能。機車幾乎是從頂上一路滑下去，直到撞到路邊靜止的車輛才停止，所幸被撞的車子並沒有大礙。但機車車頭受損嚴重，前進已有困難，只好請熟識的機車行老闆將車帶走，因為面板與三角台毀損，初估要五、六千元才能修復。已是九年高齡的老爺車了，要不要花這筆錢去修，讓我很傷神，一部新的摩托車至少要三、四萬元，之前考慮經濟因素，一直捨不得換新，總覺得能將就使用就好，今日第一次感覺人命關天，大意不得！

幾經評估的結果，仍然決定把車修一修繼續使用，不否認金錢是個因素，新車易遭竊，騎到哪裡都提心吊膽，畢竟這是我的重要財產，沒有它，生活即十分不便。這輛機車，讓我聯想到你，雖然身體已受損傷，但在沒有替代或更換的選擇下，盡量將僅有的修復成堪用的狀況，是比較務實的作法！

你在知道我和卡亞的驚魂遭遇之後，頗為我們的安全擔

憂，但也自我解嘲的說：「我就像你的老爺車，不怕遭竊，安全的很，要偷走我，也要一起偷走卡亞，不然他們會後悔偷了我，哈哈！」當我正心疼要支付的修車錢，你卻還笑得出來，唉！此時卡亞也忍不住插嘴：「哥哥！偷走你就好，我可不要！」你們的對話，令我也忍不住發笑，所幸並沒有人受傷，財去人安樂！比起你的無妄之災，我們著實幸運太多了！

接受試煉

　　今天是母親節，是個好熱鬧的日子，媽媽北上和我們一起過節，姨媽、表哥、表姐們也一同來看你，看著你日漸康復，大家都寬心不少。回想加護病房外，淚眼相對的那段日子，彷彿才是昨日的事。

　　閒話家常中，大家翻閱著我們兩、三年前合拍的全家福照片，讚美著我倆郎才女貌，孩子們面貌俊秀，好匹配的一家人。不料你竟語出驚人的說：「幸好當初拍了照片，留下人模人樣的樣子，現在像鐘樓怪人，就很破壞畫面了。」此話一出，大家都不知如何安慰你。你自己倒是很釋懷，「快樂的活下去，比外表重要的多了。既是無法改變的事實，也只有接受和面對了！我仍然是我，只是換了一個模樣罷了！外表是一時的，內心才是永久的，不必太在意啦！」你的一番話，令大家頗佩服你的人生智慧。

　　遭逢這麼多的改變，我很慶幸你沒有自暴自棄，跟我一樣認命，接受上天給我們的試煉，踏實的度過每一天。

學習成長

　　今天我們的大兒子，將參加第一次基測，這回仍是讓他參加北區的考試，因為搬家的計劃還在進行中，結果尚未定。

　　自你出事後，忙著照顧你，孩子的課業無暇參與，有許多家長忙著去求文昌公的庇佑，而對孩子們期待深厚的班導師，帶著全班同學去求考運，導師的用心，希望大家別辜負了才好！

　　當同學們在補習班補的昏天暗地，大兒子卻堅持自己的腳步，只參加學校的晚自習，他說過自己的人生會自己負責，我就不再為他操心了，發生了這麼多事，人總要學習成長，結果未必盡如人意，但求一切盡力，「祝福你，孩子！」

離　情

　　六月是個充滿離情別緒的月份，尤其以今年為甚。今天南下台中看屋，妹家隔壁有戶空房，房客方才搬走，妹力邀我看屋，搬來台中和他們當鄰居，我們姊妹四人，有兩人同住一棟大樓裡，如果我再加入，這棟大樓裡，就會有我們姊妹三人同為住戶，孩子們頗為期待這樣的結果，因為他們和大妹的孩子年紀相近，感情相當好。

　　小兒子六月底即將新生報到，大兒子則準備參加第二次基測，六月下旬就要報名，此次考區的選定，就決定是在那區登記分發，都是必須做出最後決定的時候了。幾經評估，決定落腳台中。能和妹妹們當鄰居，不但便於照應，也可減少適應上的問題，我的父母得到訊息，都非常贊同，以後就能經常見面了！

榮 譽

　　今天是大兒子國中畢業的日子，回想三年前的小學畢業典禮，爸爸一手相機、一手攝影機，忙著捕捉他的鏡頭，往日只要學校有活動，我們一定是全員到齊，而今天，由媽媽一個人代表，參加他人生中的第二個畢業典禮。

　　看著孩子以優秀成績畢業，上台領獎，心中百感交集。這個榮譽其實是屬於他自己，是三年來努力的成果。第一年經常有人問：「第一名怎麼不是你？」第三年也經常有人問：「第一名怎麼又是你？」沒有因為家庭突遭變故，疏於督促而一落千丈，是最令我感到欣慰的地方。第一次基測數學錯了一題被扣六分，他說第二次一定要扳回來，拿到滿分。我相信他的誓言，他和爸爸一樣，都是很有毅力的人，加油！

宛如夢中

　　今天我們將一起出席小兒子的畢業典禮，那是你出事前服務的學校，有熟悉的同事、家長和學生，他們都會在今日與會，大家都很關心你的近況。即將移居台中，藉著這個場合，和大家見面並道別！

　　出門前下起傾盆大雨，為了避雨，延遲了一些時間到場，抵達會場時，就近坐在後排的位子。當你邁著機器人步伐走進會場，熟識的老師們紛紛圍過來打招呼：「呂老師！」大家緊握著我們的手，一句「辛苦了！」，道盡其中的艱難，我們終究走過來了！令人難忍的傷感，淚是再也忍不住了，好多位女老師不停拭淚，我更是哭紅了雙眼。三年前同樣的場景，你滿場跑，忙著取鏡，身份是代課老師。而今你以這樣面貌和大家見面，大家心中充滿了種種不捨。但也為你能好到這樣的程度，感到欣慰，想當時見你在加護病房內和死神拔河，如今能見到你出席這場盛會，一切宛如夢中。

　　典禮結束後，大家圍著你話家常，你的口齒尚不夠清晰，常需要我再為你複述一遍，大家聊著過往，聊著未來，聊得非常盡興。你的語言表達能力，基本上都回來了，除了語音較含糊，有時不能馬上會意你的語意，但只要多複述幾次，仍然可以讓人聽懂。這是你病後，第一次面對這樣多的

人，你很興奮也很開心，但體力不佳，很快就累了，我們將你往日的著作和譯作，分送給熟識的同事們作為紀念，你和卡亞先行離開，我和孩子留下來參加畢業餐會。

我們的兩個孩子，一個在課業上表現亮眼，一個在體育上展現潛力，都令人讚賞。能看見孩子們成長，是支撐你一路走過來的主要力量，你是一位好父親，一向都是。

▲ 理州出席漁的畢業典禮，北港國小師生
皆為呂老師的康復感到萬分欣喜。

祈盼人生是個圓
一位深情妻子的陪病日記

鮮奶理論

　　今天送小兒子南下台中，他即將於七月二日、三日接受新生訓練，開始他的國中生涯，暑期輔導也即將展開，為期三週。這段日子，他暫住阿姨家中，因大兒子將於七月十四、十五日參加第二次基測，等他考完試，我們預計七月底搬到台中。

　　孩子從未離開身邊，如今需暫時分離，心中滿是不捨。小兒子是相當貼心的好孩子，離別前一晚，我們同睡一張床，他說去台中後，定會好好用功讀書。在阿姨們的建議下，讓他參加數學的課外補習，在數學方面，大兒子較不需要額外輔導，小兒子則需要較多的協助，因而選擇補習。城市裡的孩子，可能聞補習色變，但我們的孩子一直都未補過習，尚不知補習的滋味，真不知再過幾個月，是否還能一本初衷。

　　他談著阿姨的鮮奶理論，阿姨說一堂課大約是兩百多元，相當於四公升鮮奶的價格，如果上課不用心，既浪費時間也浪費金錢，就像將鮮奶倒入水槽裡。孩子一向愛喝鮮奶，爸爸剛住院時，花費驚人，我們曾有一段日子，捨不得買鮮奶來喝，他每回和我走進超市，問他要不要買鮮奶，他總是搖搖頭，表示喝泡的牛奶也一樣。盛暑的天氣，哪個孩

子不愛冰涼的飲品？他的貼心常令我萬分心疼，但在那段唯恐付不出看護費的日子，我們只好能省則省。因為經歷過那段日子，他知道額外的花費，對媽媽而言都是負擔，因此一再強調他會用功。其實我對孩子的期待，一向都是盡力就好。但能聽他這樣說，心中自是十分安慰！

「困頓也是生命中美麗的轉彎」，我相信我們不會永遠身處困境裡，但也因為困頓，才更有向上提升的動力，這是富裕的生活裡學不來的。

來日再聚

　　今天家裡出現了一位意外的訪客——劉先生。自從告知劉先生，我們即將移居台中的消息，劉先生便說會利用工作空檔來看我們，他十分掛念理州的復原情況。分別至今已半年餘，「命」是劉先生撿回來，真的可以這樣說。當初從加護病房轉至普遍病房，抽痰頻繁，護士小姐因為病人多、工作忙，抽痰速度快，不多久，放置痰液的罐子裡，便開始有血絲沉澱，看到這個情形，我斷然切結由看護來抽痰。

　　台灣醫療人力的配置十分不合理，一個護士白天負責八至十床病人，夜間則高達十六床，如此的護理人力，如何要求忙碌的護士，有令人滿意的服務態度和服務品質，因而台灣的醫療系統十分仰賴家屬、看護來照應，至於醫療品質則只有自求多福了！因而能遇到一位好看護，絕對是很大的幸運（看護素質確實也良莠不齊）。

　　今日和劉先生相聚，真的非常開心，唯一小小的遺憾，就是小兒子已南下就學，未能見上一面。劉先生親自指導卡亞如何復健，評估過四肢的活動情況，一再叮嚀左手要再加強。

　　劉先生以趕赴另一個工作為由，沒有停留太久，便急著離去，連一頓便飯也不肯留下來吃。臨行前，他緊握你的手

說：「理州，再努力，希望下次見到你，能夠好到更好，加油！」我們一家人對於劉先生，除了感謝！還是感謝！只有盼望來日再聚了！

▲ 有一年家裡種的絲瓜大豐收，我們自己吃不完，還拜託大家來捧場。

祈盼人生是個圓
一位深情妻子的陪病日記

溫情滿人間

　　大兒子忙著考試，我和卡亞忙著打包行李，以往搬家都是你自己打包書冊，這回幫你打包，才發現你的藏書之豐，簡直可比擬小型圖書館，台中住處沒有汐止住處大，如果把書全搬去，人就不知住哪了！因而勢必有所割捨。

　　你這一屋子的書，是留學日本時帶回來的，你最愛逛二手書店，所以藏書量相當可觀，一套又一套的日文書，全都和你有著深厚的情感，一切由你自己親自取捨，自你病後，個性改變甚多，更懂得人生有捨有得！

　　當我到你以前經常光顧的水果店購買紙箱，老闆娘很驚訝！正奇怪因何如此久未見到你，當她知道你出事，感慨地對我說：「一個人撐一個家很辛苦，我知道！我會幫你留紙箱，有需要儘管來拿，別客氣！替我問候你的先生。」老闆娘沒有收我的錢，這次搬家的紙箱，幾乎都是她所提供，真是謝謝她了。這並非是我第一次受到如此溫暖的對待，很多了解我境遇的人，都曾主動對我表達關懷，並問我是否需要幫助。我的學校同事，更是給予我諸多的協助與關懷，連學校裡熱心的義工媽媽，也經常給我溫暖的祝福。

　　曾經，我十分不習慣被人幫助，為自己命運的轉變，有些許自卑。面對別人的接濟幫助，會感到羞赧，總覺得「受

之於人者太多，出之於己者太少」，曾經猶豫是否南下台中，坦言不想拖累家人。這副擔子該由我自己來扛，妹妹知曉後極力說服我，「人生沒有永遠的紅燈，也沒有永遠的綠燈，今天你接受幫助，明日你幫助他人，人之所以為人，可貴處就在『互助』，以後誰幫誰還很難說呢！」希望有一天，我也能有能力回饋他人。

祈盼人生是個圓
一位深情妻子的陪病日記

大大的擁抱

　　搬家在即，同事、朋友、鄰居紛紛為我們踐行，「今日相聚，不知何年何月再相逢？」告別愛我們的人，和我們所愛的人，並不是一件容易的事，經常望著滿屋子打包的東西發呆，對於居住十五年的房子，感到十分眷戀不捨，屋裡屋外，到處充滿著往日的美好回憶，如今只能隨著厚重的相本帶走。

　　小兒子幼稚園時的劉老師，我們曾因互相扶持而成為莫逆之交，在你出事後，她怕我身體承受不住，經常大老遠從桃園趕來，匆匆來去，只為了看你一眼，並為我送補品。今天她攜家帶眷來看我們，除了滿滿的祝福，還給我一個大大的擁抱，一切的理解，全在這個深情的擁抱裡。

光榮畢業

　　你在國泰的復健課程即將結束，今天是最後一次上課，我們將於下週一搬家。現在的你已經很厲害了，可以上下樓梯，可以在跑步機上，不費力的走得很好了，翻身爬起也不再是問題，會拍球、丟沙包，可以向前走，也可以退後走。你的鼻胃管已移除，右手可拿夾子夾珠子，拿鑷子夾細小的東西，自己吃飯應該指日可待了。左手也可以拿杯子玩套杯子，「他」也漸漸爭氣了，雖然還需要多加油！

　　塗醫師對你的復原感到欣慰，也十分關心到台中後的後續治療問題。復健科另一位韓醫師，他篤信基督教，曾說你是「奇蹟」！院內祈禱室會為院內病危的患者，舉行祈福禱告，韓醫師也是其中一員，因而對你這位病人印象深刻。他勉勵我們復健的第一年是黃金期，但第二年仍有可為，鼓勵你繼續努力！

　　你曾經問我說：「復健也是一項課程，為什麼沒有畢業證書？」貼心的戴老師知道後，特地為你設計了一張附有復健治療師們合照的畢業證書，上面寫著

　　「賀　　特優學生　呂理州　自 95 年 9 月至 96 年 7 月復健期間表現良好　努力不懈　將於 96 年 7 月 27 日　在國泰汐止分院復健科　光榮畢業」

當你由戴老師手中接下證書，高興的合不攏嘴。這是一張別具意義的畢業證書，將伴你走入人生的另一個階段，我會將它放在家中最顯眼的位置，這見證了這一切得來多麼不易，感謝汐止國泰分院優秀的醫療團隊，我們將永遠記得你們並感謝你們！後會有期了！

▲ 戴聖偉治療師特地為理州製作的畢業證書。

搬　家

　　今天一大早，搬家工人便來搬運東西，為了比他們更早抵達台中，我們搭乘高鐵南下台中。以往只要出門復健，便會為你包上尿片以防萬一，你仍偶有尿失禁的情形，憋不住尿。今天你很反常，不肯包上尿片，你說屁股包得鼓鼓的很難看，我們只好每到有廁所的地方就請你先上廁所，只願一路上別出狀況才好。

　　果不其然，才一走進月台，你就說要上廁所，剛剛問你又說不用，你的這個毛病，一直讓我和卡亞很困擾，不知如何說你才好。所幸這回你忍住了，上了車廂直奔廁所才解除警報，我和卡亞則嚇出一身冷汗。

　　今日搬家，一切順利，工人於兩點抵達，接近七點才離開，這回搬家，幸虧有卡亞的鼎力相助，她真是我的「得力」助手。

釋　懷

　　一切大致安頓就緒，鄰居們對我們這戶新住戶充滿了好奇，我和妹妹們樣貌相似，他們很快知道我是誰。至於你，他們會問我：「這是你公公還是你爸爸？」我會回答他們：「這是我的先生，他因從高處墜落，受了腦傷，目前還在復健中。」你那一頭花白的頭髮，佝僂的身軀，小步挪移的走路方式，確實會讓人以為你的年紀很大。

　　尚在汐止時，大家都知道你受了傷，且見過原來的你，因而不曾有人誤認身分；而今來到這個陌生的城市，婆婆媽媽們一樣善良而熱情，只是被誤認身分時，會有小小的尷尬，我有些不自在，你倒是很釋懷，你常說「外貌只是人生的一小部分，如果那樣在意別人的眼光，如何能自在的過日子。」現在的你充滿智慧，經常說出頗富哲理的話。

　　其實你不僅是外貌，連個性都像個老人，對人溫和寬容，往日急躁且大男人的個性全不見了，現在的你奉行「太太永遠是對的」。有時我真的很懷疑，你昏迷四十二天，醒來後卻像平白失去二十年，現在的你，確實像個七十多歲的老人，經常忘了做過的事與說過的話，每回聽你問起「要吃飯了沒？」我和卡亞總不禁啞然失笑，因為你一天總要問上好多回。

你的短期記憶，確實因為腦傷，能力甚差，至今仍無法讓你記住，今年是民國幾年。你倒是會用西元減十一，只要提醒西元，就能算出是幾年，我十分納悶，因何只需記住兩碼數字，竟是如此困難。

談生死

　　你的假牙脫落，我帶你到只隔幾條街的牙醫診所去黏合，因路程不遠，我決定和你走路去。一路上，你一直問我：「到了沒？」你走路的步伐小，走起路來很費力，我不喜歡你依賴輪椅，只要路程不遠，會儘量要求你用兩隻腳走路，走路也是復健。走著走著，你竟然語出驚人：「如果我走在路上被車撞了，請不要救我。」「哦！好！如果是我被撞了，請你也記得不要救我！」我半開玩笑的回應你。「復健真的太辛苦了，我不想再來一次。」你的話像是認真的，我無言以對！

　　這不是你第一回談生死，活著真的不是一件容易的事，但以你目前的復原狀況，實在沒有理由談死。

　　有一位朋友，她的先生因車禍成為植物人，她和公公輪流照顧了五年，仍然離開人世，談起照顧的辛酸，除了花費可觀的醫療費用，更累出一身的病痛。她說住院第三天，醫生便建議為病人氣切，結果人活了下來，但至死都沒有醒來。她談到醫護人員為她先生抽脊髓液，竟然不必先麻醉，醫護人員說：「植物人不會痛！」可是她明明感覺到，病人感到不適有痛苦的表情，說著說著便流下眼淚。她的感受，我能體會，我也覺得當病人陷入深度昏迷，他的聽覺和觸覺

應尚有殘餘能力，並非全然沒感覺。

　　醫生以救人為宗旨，但也救回了不少「植物性的生命」，我經常覺得「植物人」是最可憐的一種人，他們求生不得求死不能。說句真話，換成是我，也不想被救活，「好死不如賴活著」這句話不一定是對的，但是做為一個家屬，做任何決定都是困難的。

生命的循環

今天接到好友的來電，她說弟弟出了車禍，顱內大量出血陷入昏迷中。希望我能以過來的經驗，給她一些意見！現在他們一家人，完全能夠體會，身為家屬的掙扎與矛盾。

她的弟弟未婚，四十初頭，是家中兄弟姊妹中，最令母親擔心的一個。父親已逝，目前年邁的母親因病居住姊姊家中，誰也不敢向母親提及，深怕病弱的母親受不了打擊。但也擔心萬一弟弟就此不治，母親會不諒解他們沒有告知，連最後一面也沒有見著。兄弟姊妹多人討論救治問題意見不一，誰也不知道什麼樣的決定，對患者才是最好的。

曾經陪伴我，面對生命中嚴酷考驗的好友說：「當自己成了家屬，第三者的理性全不見了，情感和理智陷入空前的交戰！失去，捨不得，畢竟是一起長大的手足；救治，萬一成了植物人，至親、手足是否經得起考驗？」曾目睹我種種遭遇的好友，比大家看得更遠更長，她反而更不知所措，畢竟不是每個人都能有一樣的幸運。如果結果不如預期，那又將要如何？眼見手足間的爭執，她不知該站在那一邊？我的境遇比她單純多了，當初由我一個人獨自做決定，成敗自負（當然其中並非沒有雜音），因為患者是我的先生，責無旁貸，所幸是令人欣喜的結果。

掛上電話，我十分理解好友的苦惱，一場生死交關的災難，不只考驗智慧也考驗人性，情感的親疏在此時一目了然！有人伸出援手，有人袖手旁觀，人情的冷暖，在此時格外深刻！誰都知道協助植物人像是個無底洞，勢必投入無數的金錢，也未必有回應（甦醒）。事實上，植物人的救治問題，確實也比一般病況，在下決定時為難的多了！救與不救，千萬難啊！

　　世界上沒有不掉落的葉片，生老病死原是生命的循環，為了不使家屬為難，當下為自己寫了放棄急救同意書：

　　「本人劉千瑤，若發生危及生命的任何事項，請不要施予任何急救，不插管、不氣切、不做心肺復甦術，並將堪用之器官，捐贈給需要之人，請尊照本人之意願，讓我平靜離世！立書人：劉千瑤　96 年 8 月 17 日」

　　我將親自書寫的放棄急救同意書裱褙，並時刻放在皮包裡，以備不時之需！你見我這樣的舉止，也親手寫了一份，我們彼此約定，讓生命歸於自然的循環！

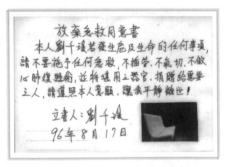

▲ 能選擇以自己希望的方式離開這個世界，也是一件幸福的事。

祈盼人生是個圓
一位深情妻子的陪病日記

賺到了一年

　　距你出事，轉眼已屆一年，昨日在家中為你準備了慶生蛋糕，除了全家人齊聚一堂，還來了神祕佳賓，當初為你針灸診治的中醫師，看到你已能行走，她開心的直呼「姊夫，真是太好了！真是太好了！」歡聚了一天，原本應該期待一個甜蜜的好夢，未料今晨卻在夢中驚醒！

　　夢很清晰明白，連日期都有了，夢境是這樣的：我和你不知到哪兒去，途中遇到很多熟識的人，我忙著和他們聊天，聊著這一年來的過往。突然間，我發現你不在身邊，急得到處找尋你，卻遍尋不著。忽然發現馬路上有一排字，像是違規停車被拖吊留下的粉筆字，寫著：「呂理州四月二十三日星期四」，有一個人形圖案在上面，像是車禍現場。當我歷盡波折趕到醫院，得到的是搶救無效的消息！我憤怒地猛搥牆壁，十分扼腕，花了那麼多力氣救你，卻是這樣的結局。我痛不欲生的跌坐在地上，卻頓悟了「反正我已經賺到了一年！」

　　夢醒之後，回想起這個夢境，我好奇的查了夢中日期，就在 98 年，我不知有何意涵，也不知暗示著什麼？但不管如何，我確實已賺到了一整年，未來的每一個日子都是賺到的，願你好好度過這賺來的每一天！「爸比！加油！」

復健第二年——復健第三年

復健進入第二年，理州在卡亞的協助下積極復健。中風患者有復原的黃金期，前三年都是很重要的復原期，如果患者願意配合復健，在復健師的指導下，能克服一段極度疼痛的時期，就能順利進入比較平穩的階段，看見比較明顯的進步。很多人因為疼痛而放棄復健，就終身需要他人協助日常生活。第二年進入比較穩定緩慢的進步階段，唯有持續堅持復健才能看見成效。

大部分患者都不喜歡復健過程的艱辛，復健教室有很多形形色色不同狀況的病患，嚴重程度不同，復健心態也不一樣，而這些因素影響著他們的預後。有些患者很抗拒復健，陪同者也很為難；有些患者年事已高，復健意願會比較低，而理州只有五十歲，他還有很長的人生路，因此在軟硬兼施、討價還價的情況下，他願意持續復健，患者必須要有想好起來的動力，才能熬過這段漫長的過程。理州很明白積極復健，是希望有更好的預後人生，能夠減少依賴他人的協助，就能得到更多生活上的自由。

記得有位奶奶對我說：「他們這類病人依賴心很重，在沒有外籍看護協助前，有些事還可以自己做，一旦有人幫忙，就都不肯自己做了！」我牢記奶奶的話，因此在日常生活技能的訓練上，即使穿衣服要花很久時間，穿鞋子也要花很多

的時間，但是只要願意做，都會讓他自己來，盡量不做過多協助，讓他自己慢慢來。這些都是日常生活中必要的能力，所有與生活有關的小事都是一種復健。凡事用進廢退、熟能生巧，誰都不例外。因此只要在他能力範圍內，即使要花很多時間，也要忍住不去協助他完成。況且對他而言，能夠自己完成一件事，也是一種成就感，而成就感累積了自信。新的經驗要建立比較困難，但是舊經驗喚起比較容易。我將他當成一個需要花很多時間教導，才能學會的孩子，讓他凡事慢慢來。當他完成時，會給他口頭或實質的獎勵。

不能否認，他因為腦傷而失去了許多能力，像是記不住自己住幾樓，記不住門牌號碼，走過很多遍的路，仍記不住方向，很多事需要時時提醒，但是我並不會因此禁止或限制他去嘗試。他的口齒比較不清晰，行動也十分緩慢，但是他至少願意開口詢問人，因而獲得協助。他很有毅力地，在社區裡練習走路，所以很多人都認識他。

在復健進入第三年，他已經具備了基本生活能力，因為經濟因素，只得讓外籍看護離開，由我來接手，為他進行被動式復健，以及訓練一些基本生活技能，讓我即使外出工作也能放心。卡亞離開後，我教會他如何預約復康巴士，接送他去醫院復健。他的右手恢復得比較好，已經可以用一指神功，在鍵盤上打字。所幸文字能力並沒有失去，他的手不易書寫文字，但是使用打字，也算是克服問題的方法。愛看書的習慣沒有改變，他使用電腦完成讀書報告，只要是他喜歡

做的事，就很有耐心，願意花很多時間去完成。但是卻不能片刻等待，等待時就會焦躁不安、不知所措。

　　他對於時間似乎失去了概念，雖然能看懂時鐘，但是對於時間長短的感受，是用主觀知覺來辨識，經常誤判時間的長短。為了建立他的時間概念，我會經常請他「幾點叫千瑤」，一開始，他經常忘記叫我，後來就寫在紙上提醒自己，慢慢地成了可靠的「鬧鐘」，也因此養成十分規律的生活，幾點起床、吃早餐、吃午餐、吃晚餐、走路復健、洗澡、睡覺，照表操課分秒不差。有時他正在看電視，卻突然起身，因為做某事的時間到了。一天當中，只要看他正在做什麼，大概就能知道現在是幾點。他這一跤摔成了電影中的「雨人」（就是自閉症中肯納症患者），也幸虧他有如此重視規律的習慣，才能維持每日走路復健多次的習慣，十五年來持之以恆、從不間斷（除了跌倒骨折，臥床休養期間），即使走得再慢，也好過不能行走，因此他總是努力不懈，他說最害怕的事，就是不能行走！還能走路是他最卑微的願望。

　　我必須外出工作，為確保他的安全，許多生活技能訓練是必須要的，並且十分重要，例如：燒開水。一開始，任憑鳴笛聲如何響，他也是聞風不動，一方面是缺乏警覺性，二方面是缺乏應變能力。在一開始，他就如失智者一般，記憶力是短暫的，常常忘記說過的話，做過的事。醫生說這也是一種失智，是腦傷造成的，因為在事發當時，腦細胞死亡無法回復，但是不會如失智者般快速退化，藉由一些訓練能有

些許回復。他很努力，學習使用方法來協助記憶，狀況逐漸進步中。在一開始，我必須經常提醒他，留意鳴笛聲去關瓦斯，並寫了大大的「關瓦斯」貼在瓦斯爐旁，提醒他注意。用文字提醒產生了效果，他也會寫自己看得懂的文字或符號，來幫助記憶一些事情。記憶的能力，漸漸得到改善，直到今日。

他的思考能力比較欠缺，思考模式只會直線進行，既不會瞻前顧後，也不會左顧右盼，任何事都是憑直覺去做，不會預期後果，所以出錯率很高。他不能判斷，烏雲密佈就可能下雨。有一回，我在浴室裡聽見雨聲，要他快把陽台的床單收進來，正在看電視的他卻回答我：「可是新聞報導說，晚上才會下雨。」我急忙從浴室衝出來，去搶救床單，並叮念他：「已經在下雨了！要看實際狀況，不是聽新聞報導說。」經過多次練習，他終於學會，看見天色昏暗就可能下雨，要把陽台曬的衣物收進來。讓在外面工作的我，不再提心吊膽，晾在陽台上的衣物。

三年復健期滿，靠著復康巴士的接送完成任務。復康巴士的司機稱讚他：「很努力、很用心地想要進步，其他病患如果也都這樣該多好！」自從外籍看護離去之後，我身兼多職，正面對著生命中最大的艱難，在我的拙著《經歷生命的奇蹟》中有詳述。理州在出事故之後，常對我懷著歉意，因為自己的不小心，造成家庭巨大的改變，因此他很努力學習獨立，能做到的事盡量自己做。腦中風患者，復健並不只是

在復健教室裡，復健師的教導與訓練，是為了讓患者重新獲得生活的能力，因此在日常生活中，一定要藉由多練習，靠著患者自己的努力來達成。一般中風患者，會有一側比較好（健側），一側比較差（弱側），比較差的一側若是能協助健側，則生活上的許多事，是可以靠著兩手互助完成的，因為它（弱側）只是不好用，而非不能用，越不用就會越不好用，是必然的結果。理州努力復健到基本生活能夠自理，我才能安心的在外工作，在生計上也算幫了我大忙。我曾經對他說：「只要我有一口飯吃，就會分你半口。」這是我對他的承諾。

在最初的四年間，面對生命中的艱難，幾乎失去繼續的勇氣，在其中我多次想要結束自己的生命，每每想起這個承諾，就又無法狠下心來。我在生命中最困難的時候遇見主耶穌，因著信仰的力量，堅固我的家庭，持守婚姻盟約到今日。

我和理州同時受洗信主，正式步入基督徒的家庭生活，婚姻的盟約直到一方死亡，才會終止。如果沒有經歷這個變故，以我的平順人生，可能至今仍不認識主耶穌，更不會想要信靠主耶穌。我在無力繼續我的人生時，萬分絕望的情況下，雙膝跪下求告神：「主啊！如果祢為我擔勞苦重擔，給我明日的糧食，我願意一輩子跟隨祢到底！」

十二年來，信實的神賜給了我一切，遠超乎我所求所想的。這些年來，正因生命歷程的改變，有了不同的生命體驗，經歷各樣的神蹟奇事，更經歷神同在的奇妙恩典。從來未曾

祈盼人生是個圓
一位深情妻子的陪病日記

料想到，神雖然關上小小的窗，卻開啟大大的門，讓我在生命歷程中，能窺見總總的奧妙，能有深刻的體會和領悟。唯有親自走過這一遭，才能夠深刻同理面臨相同困境的人們，同時對生命有不同的看見。

認識主耶穌、相信主耶穌、信靠主耶穌之後，我的人生越來越好，我的家庭也更蒙福，我的人生因此富足而豐滿。誠心希望所有人，都能在主的愛中與主相遇，領受主所賜的「恩惠與平安」。

親朋好友的話

　　看完姊的《陪病日記》，才發現這其中竟然有如此多的
事是姊不曾提及的，畢竟只有身歷其境者，才能有如此深的
感受。閱讀中，我數度落淚，對於曾經參與其中的我，感觸
特別深刻，回想當日種種，歷歷有如昨日。

　　那天接到姊的電話，她邊哭泣邊訴說著姊夫出事的狀
況。這是怎麼可能的事啊！我們昨日才互道再見的呀！我的
心情慌亂到了極點，立刻通知二妹、三妹，並連忙和我的先
生一起北上。一路上，我忍不住祈求上蒼，一定要保祐我的
姊夫度過難關，但是以我身為護理人員的直覺，這恐怕是不
容易度過的關頭。抵達台北時，姊夫已開完刀送進加護病房，
探視過後，深知傷勢的嚴重程度更超出我的預期，對姊一家
人來說，這是一個艱難的開始。

　　非常慶幸能眼見姊夫一點一點好起來，姊的堅強更超出
我們的預期，她簡直就已不是往日的她了。經歷了這段艱難
的歲月，姊夫、姊姊、兩個小外甥都格外令人心疼。人的境
遇改變了，心境也改變了。峰迴路轉，一切都朝著好的方向
在轉變，正是我們樂於見到的結果。

　　在姊夫病中，我曾經試圖找尋一本有關腦中風病人的病
情進展及預後狀況的書籍，他山之石可以攻錯，至少有個參
考的依據，但除了教科書般的專業書籍，並沒有現身說法的

實例，如今姊願將自己的《陪病日記》與眾人分享，相信必能引起廣大的共鳴與迴響。姊姊和姊夫這一路走來，竟有那樣多伸出援手的人，真是令人羨慕啊！

劉瓊雅

　　三年半前，當我仍在學校參加暑期輔導，媽媽來學校帶我，因為爸爸受傷了，而且傷得很嚴重。到了醫院，看見爸爸包紮著的頭部，一條引流管不斷流出鮮血，爸爸身上插滿了管子，躺在加護病房裡，沒有任何反應。我好恐懼也好慌張，我好想知道爸爸為什麼會變成這樣？今天早上離開家，他還是好好的呀！我不斷詢問每個在場的人，他們的說法大致相同，但是我仍然無法相信！我的爸爸未來會怎麼樣呢？他會死嗎？我會成為一個沒有爸爸的孩子嗎？沒有人能給我一個答案，我有一股衝動，希望醫生叔叔、護士阿姨能救回我的爸爸，以現在這樣進步的醫療科技，難道沒有辦法嗎？我不相信！

　　三年半來，爸爸經過很多努力，終於漸漸康復，變成今天這個樣子，但是他再也不是我印象中的爸爸了。那個經常陪我打球、下棋，很少讓我有機會打敗的偶像爸爸，他是那麼聰明而強壯！而現在我已經長得比他更高大而強壯了，是不是該換我當爸爸來照顧他了（我是指角色而不是指身分

哦！）

　　爸爸雖然改變了，但他仍然是我的爸爸，大腦的變化，讓他變得有些奇怪，像老人一般，但這也不是他願意的遭遇。上了高中，我較清楚自己，在情感上也比較不依賴他了。我非常慶幸，他為我們堅強的活下來，讓我們不必因為失去父親，承受永遠的傷痛。多虧有他在，一家才圓滿，不是嗎？

樵樵

　　爸爸出事當天，我是全家唯一的目擊者，我看著爸爸掉了下去，還大叫了一聲：「啊！」水電工跳下去將爸爸扶起來，叫我趕快找鄰居來幫忙，並撥打 119，請救護車來協助送醫，就這樣，我發揮了百米賽跑的潛力，打完電話，就去隔壁找洪阿姨求助，後來社區總幹事也來了。救護車抵達後，將爸爸送上救護車，警察叔叔問我要不要一起上車，但是我不敢，我害怕極了，爸爸的耳朵裡不斷流出血來。隨後我和洪阿姨帶了爸爸的健保卡趕到醫院，媽媽和醫生叔叔正在討論電腦斷層掃描的片子，醫生看看我，說了一句話：「孩子還這麼小啊！」隨後決定全力搶救！

　　媽媽常說爸爸是我前世的戀人，因為從小我就特別愛黏著爸爸。剛上幼稚園時，緊抱著爸爸的身體，哭著不肯下來。那樣愛我的爸爸，雖然他傷的很重，但是他一定不會離開我，

祈盼人生是個圓
一位深情妻子的陪病日記

沒有他的日子，我該怎麼辦呢？

　　我永遠也不會忘記，那段每天到醫院和媽媽會合，探視完爸爸再一起回家的日子。看著爸爸一點一點好起來，大家都覺得好奇蹟！我也是這麼認為耶！我的爸爸，他忍受了無數的疼痛才有今天，我永遠不會忘記媽媽的辛苦，她為了我們所付出的一切，因為她，讓家更完整而美好！

　　雖然我的爸爸現在不一樣了，他不再像原來的樣子，有時很囉唆，一樣的話要說很多次，讓人有些煩，但是我知道，這是因為他的腦子改變了，我仍然不習慣這樣的他，或許要等我更大一些，就更能體會他的改變。其實只要爸爸還在，我們就很滿意了，不像我那失去爸爸的朋友，相見只能在夢中了！我是幸福的人，我珍惜我的幸福！

漁漁

　　主耶穌說：「世上有苦難，在我裡面有平安！」

　　鄰居呂理州先生一場意外，不但自己身體受盡折磨，一度罹患憂鬱症的妻子千瑤，也因瞬間必須扛起重擔，飽受精神煎熬，幸好能在眾親友愛的鼓勵、協助下，發揮潛能，克服萬難、熬煉，苶壯成為一位堅強的女性。含淚讀完她的《陪病日記》，真是令人佩服、動容！

　　呂先生能從 42 天的昏迷當中甦醒，我確信是「神蹟」。

上帝差派劉德輝先生成為他療程的守護天使，就是確據。我曾在劉先生不知情的情況下，觀察他如何照顧病人，他的舉止就像對待自己的親人一般，充滿耐心與愛心，是基督徒的楷模與典範。他樂意服侍那最微弱的重殘患者，就是行出神美好的旨意，我由衷尊敬他。

我相信昏迷中的患者是有感覺的，親情的呼喚絕對是最有效的處方，呂先生一向疼小孩，他丟棄不下他們，所以才有活下去的毅力，樵、漁，要努力喔！

呂先生留學日本，而且有一半日本人的血統，所以有些大男人主義。千瑤說如今他溫柔、貼心，變成了新造的人，如此不枉費千瑤的一番苦心，也算是因禍得福。如今千瑤能用「正面」的角度看事變的發展，也因為「放開」，使自己得以豁達的心態面對未來的人生。

林睦幸

當我收千瑤用 E-mail 傳來的《陪病日記》手稿後，我一讀便欲罷不能。千瑤以一支充滿真情的筆，忠實而細膩地記錄了，遭逢劇變的心路歷程：悲傷、恐懼、擔憂與無助，以及種種理性與感性的掙扎，現實與希望的煎熬。這些歷程因為刻骨銘心，所以格外感人。我不是個容易掉眼淚的人，但隨著千瑤日記中的心情起伏，我數度流下了眼淚，忍不住要

祈盼人生是個圓
　一位深情妻子的陪病日記

對這對夫妻說：「這一路走來，你們辛苦了！」同樣是為人妻、為人母，我更要對千瑤說：「妳真是了不起！」

聖嚴法師說：「救苦救難的是菩薩，受苦受難的是大菩薩。」理州兄雖然遭遇無常，失去了部分難以彌補的健康，但我覺得他受的苦難並不是個人的、小我的，他與千瑤這段漫長日子來所受的苦是極有價值的！他們示範了什麼是愛、勇敢與堅持，他們教導了什麼是把逆境轉為順境。

謝謝千瑤的日記，讓我們學習了承擔的精神與感恩的心，也謝謝理州兄活得這麼勇敢而積極。我覺得他已做到了聖嚴法師所說的超越生老病苦的三原則：活得快樂、病得健康、老得有希望。

「深深地獻上我對他們的祝福！還有，祝福所有不幸遇到災難意外打擊的家庭！」

鄭絢雯

看完《陪病日記》後，我才能深刻、清楚地體會出照顧植物人及陪中風者復健之不易與偉大。

我覺得千瑤這幾年的修行功力應大幅提升了！不知要如何形容對她的讚嘆，我只知道自己自從皈依法鼓山三、四年以來，已經有點「不一樣」了，但較之千瑤，我似乎仍是井底之蛙，極度欠缺實地的操作經驗。

中風者復健是一條漫長又極辛苦的路。我爸爸中風了十一年後去世，這期間我們大家都埋怨爸爸的懶惰與不願配合，看完《陪病日記》之後，我較能精確地體會出，中風者面臨的難處有多大，像意志力這麼堅韌的理州兄都還會「討價還價」，更何況是我爸爸？但不管如何，照顧者鐵面無私的執行力更是關鍵。這種鐵的執行力，相信身為晚輩的子女是不易做到的，唯有摯愛著對方的配偶，才肯不計成敗、榮辱，無怨無悔地執行下去。理州兄已逐漸康復，雖然未來仍然艱辛，但我相信他們必能攜手度過生命中的每一天。

陳瑞行

　　看了千瑤的《陪病日記》，又讓我想起九年前的車禍事件。當時我的老公騎著摩托車，被一位酒醉駕車的年輕人撞上，我的老公身受重傷，昏迷兩天後就離開了這個世界，與我們天人永隔！我的家庭從此破碎，留下永遠找不回的遺憾。那時我的女兒小二，兒子幼稚園大班（和漁是同班同學），這件事情在年幼的他們身上，是個永難抹滅的傷痛記憶。說真的，我曾經怪上天為什麼這麼殘忍，這麼狠心帶走我老公，只因他人不經意的過錯，就讓我陷入人生最慘痛的低潮。經過幾年的煎熬加上親朋好友的支持和鼓勵，我走過來了，終於熬過這段黑暗期。

殊不知，幾年後某一天下午，我又接獲了一通電話，竟然是好好先生——呂老師在住處摔落地面，撞到頭部，命在旦夕。同樣的場景，也是加護病房，但呂老師撐過了一天又一天，每一天都是一個新機會。我能理解當時的千瑤是多麼驚慌，多麼手足無措，比起我更煎熬千倍、萬倍。所幸，上天的垂憐，幸運之神降臨，千瑤這位堅毅的女鐵人，她的辛苦終於有了代價。呂老師逐漸康復了，一家人又能過幸福快樂的日子。千言萬語，還是一句話：「祝福你們！」往後還有一段好長的復健之路要走，呂老師、千瑤加油！加油！幸運之神會永遠陪伴在你們身旁。

梁皇珠

呂理州的話

　　天有不測風雲，人有旦夕禍福。從來沒有想過竟然會有這樣的一天！

　　2006 年 8 月 21 日，我突然由天堂掉入地獄。當我在汐止自家庭院觀看工人施工時，腳踩的一塊石板突然斷裂，頓時頭下腳上地跌落鄰家的庭院，我的頭不偏不倚撞在尖銳的磚塊上，顱內大量出血，立刻失去知覺，經送往國泰醫院汐止分院急救，因為傷勢嚴重，醫師評估即使能救活，也恐將成為植物人。

　　幸好我命大才撿回一命。手術相當成功，經過 42 天的昏迷，我終於醒過來，住院半年後出院，國泰醫院的醫師曾形容「真是奇蹟！」。我雖然撿回一命，而且沒有成為植物人，但是由於腦細胞受到損傷，影響了四肢的活動，顏面肌肉麻痺，造成眼睛一大一小，頭部還留下手術的痕跡，頭蓋骨凹下一塊。有時候照著鏡子，覺得鏡中人真像鐘樓怪人。有一次，路旁一個小孩問她媽媽：「為什麼那個人要那樣走路？」我聽了只能苦笑，我何嘗不希望恢復健康，正常走路？我再也無法像以前一樣和兒子一起打籃球、打桌球、踢足球，這對喜好運動的我來說，真是難以彌補的損失。

　　對我而言，復健是痛苦而漫長的過程，沒有身歷其境的人，是很難體會其中的痛苦，我在疼痛中醒來，但身體無法

祈盼人生是個圓
一位深情妻子的陪病日記

動彈，只能任人擺佈。後來慢慢恢復意識之後，當看護劉先生在幫我做復健時，我經常會向他抗議。那時他戴著口罩，我曾說：「你是假基督徒，是戴著口罩的惡魔，我要掀開你的真面目！」當我的右手漸漸有點力氣，便想要伸手去掀開他的口罩，可是他一直閃躲，最後索性用毛巾把我的手掌包起來，我看無計可施，只好乖乖就範。當時我十分氣憤，經常吵鬧不休，幸虧劉先生的耐心與包容，才能有今天的我。而我的康復，則是妻子無數的淚水和軟硬兼施的堅持換來的。我向來對不是自己親眼目睹，只是由別人口述的事，總是存疑，例如我就不相信世上有神，因為我沒有親眼目睹，但我也不否定神的存在，因為我沒有辦法證明祂不存在，所以我和孔子一樣是個不可知論者，敬鬼神而遠之。但是經過這場死而復生的經驗，讓我認為冥冥中真有一位超乎人力的造物者存在，我不知祂的名字，姑且稱呼祂「上天」或「上蒼」或「上帝」吧。

　　我想上天沒有讓我輕易離開，是因為我對社會的貢獻尚不足夠，在感謝上天對我的恩賜之餘，也在此感謝曾經幫助我、關心我的所有人，一路因為你們，讓我更勇於面對我的人生，現在的我，非常珍惜擁有的每一天。外在的殘疾不足懼，怕的是內心的殘疾，雖然改變對任何人都是不容易的。

　　每回我到小學做完運動要回家時，經過設有紅綠燈的馬路，我在過馬路時，知道自己走路比正常人慢，很怕走到一半，紅綠燈由綠轉紅，又怕走得太快會跌倒（我曾經在小學

操場跌倒，痛了好幾天），心裡很著急，狀況非常狼狽。好不容易安全走到馬路對面，一方面鬆了一口氣，一方面回想還沒出意外之前，過馬路是何等輕鬆容易的事，現在為何會變得如此狼狽、如此艱鉅呢？想到自己喪失的健康，以及此後都要與這個不自由的身軀為伴，心中十分感慨，但我決定用心去經營自己的生活，明白了什麼才是適合自己的，就不會追求那不屬於自己的東西，在任何境遇裡都能處之泰然、隨遇而安。

松下幸之助曾說：「不能決定生命的長度，但能決定生命的寬度，路是無限的寬廣！」在這場意外中有賢妻，有好友，還有關心我的親友故舊相伴，我的人生何其幸福圓滿。在此特別感謝，讓我有重生機會的國泰醫院張志儒醫師、塗雅雯醫師、戴聖偉治療師、楊輝宏治療師、看護劉德輝先生還有我的賢妻劉千瑤女士。因為這本《陪病日記》，讓我更清楚自己，也更能體會妻子陪病過程中飽受煎熬，且身心承受極大壓力，我對她真的非常抱歉，一直讓身體瘦弱的她，扛這副艱難的重擔，今後我會以僅有的微薄心力與她共同承擔人生的苦樂。娶妻娶賢，能得賢妻，夫覆何求！

希望這本書對讀者的人生有助益，無論你的人生是艷陽高照、萬里無雲，還是天色陰沉、風雨不歇。祝大家平安！

祈盼人生是個圓
一位深情妻子的陪病日記

心情部落格

心情部落格

心情部落格

心情部落格

國家圖書館出版品預行編目資料

祈盼人生是個圓：一位深情妻子的陪病日記／劉千瑤 著
-- 初版. -- 新北市：集夢坊，

采舍國際有限公司發行，2021.10

　　面；　公分

　ISBN　978-986-99065-8-6（平裝）

863.55　　　　　　　　　　　　　　　　110016354

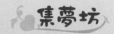

祈盼人生是個圓
一位深情妻子的陪病日記

出版者●集夢坊

作者●劉千瑤

印行者●全球華文聯合出版平台

總顧問●王寶玲

出版總監●歐綾纖

副總編輯●陳雅貞

責任編輯●蔡秋萍

美術設計●陳君鳳

內文排版●王芋崴

台灣出版中心●新北市中和區中山路2段366巷10號10樓

電話●(02)2248-7896　　　　　傳真●(02)2248-7758

ISBN●978-986-99065-8-6　　　出版日期●2021年10月初版

郵撥帳號●50017206采舍國際有限公司（郵撥購買，請另付一成郵資）

全球華文國際市場總代理●采舍國際 www.silkbook.com

地址●新北市中和區中山路2段366巷10號3樓

電話●(02)8245-8786　　　　　傳真●(02)8245-8718

全系列書系永久陳列展示中心

新絲路書店●新北市中和區中山路2段366巷10號10樓　　　電話●(02)8245-9896

新絲路網路書店●www.silkbook.com　　　　華文網網路書店●www.book4u.com.tw

跨視界‧雲閱讀 新絲路電子書城 全文免費下載 silkbook◦com